Wolfgang Möhrig (Hrsg.)

Undine und ihre Schwestern

Wolfgang Möhrig (Hrsg.)

Undine und ihre Schwestern

Die schönsten Nixenmärchen

Universitas

Schutzumschlag: Atelier Bachmann & Seidel, Reischach
Schutzumschlagmotiv:
Archiv für Kunst und Geschichte, Berlin
Satz: Fotosatz Völkl, Puchheim
Druck: Jos. C. Huber KG, Dießen
Binden: R. Oldenbourg, München
Printed in Germany

ISBN 3-8004-1371-X

Inhalt

Vorwort des Herausgebers

Nixen[1], das heißt Wassergeister beziehungsweise -menschen, stellen eine Gattung der sogenannten Elementar- oder Naturgeister dar – über die es in der deutschen Literatur zwei klassische Abhandlungen gibt: »Buch über die Nymphen, Sylphen, Pygmäen, Salamander und die übrigen Geister« von Theophrastus Bombastus von Hohenheim, genannt Paracelsus (1493–1541) und »Elementargeister« von Heinrich Heine (1797–1856).[2] In Heines Schrift lesen wir:

»Die Nixen ... sind ... verlockend, anreizend und lieben den Tanz ... Die Nixen tanzen bei Teichen und Flüssen; man sah sie auch wohl auf dem Wasser tanzen, den Vorabend, wenn jemand dort ertrank. Auch kommen sie oft zu den Tanzplätzen der Menschen, und tanzen mit ihnen ganz wie unsereins. Die weiblichen Nixen erkennt man an dem Saum ihrer weißen Kleider, der immer feucht ist. Auch wohl an dem feinen Gespinste ihrer Schleier und an der vornehmen Zierlichkeit ihres geheimnisvollen Wesens. Den männlichen Nix erkennt man daran, daß er grüne Zähne hat, die fast wie Fischgräten gebildet sind. Auch empfindet man einen inneren Schauer, wenn man seine außerordentlich weiche, eiskalte Hand berührt. Gewöhnlich trägt er einen grünen Hut. Wehe dem Mädchen, das, ohne ihn zu kennen, gar zu sorglos mit ihm tanzt. Er zieht sie hinab in sein feuchtes Reich.«[3]

Zahllose Volkssagen[4] und Volksmärchen[5] erzählen von der – oft tragischen – Begegnung zwischen Nixen und Menschen. Es verwundert daher nicht, daß sich auch die Kunstdichtung dieser – vor allem durch die Verbindung von Erotik und Esoterik, Sinnlichem und Übersinnlichem – faszinierenden Thematik angenommen hat.

Einer der ersten unter den deutschen Dichtern neuerer Zeit, der diesen Stoff behandelte, ist Johann Karl August Musäus (1735–1787). Eines seiner – in ironisch-geistreichem Ton verfaßten – »Volksmärchen der Deutschen« (1782/87) trägt den Titel »Die Nymphe des Brunnens« (in diese Anthologie nicht mit aufgenommen).

Das berühmteste deutsche Nixenmärchen ist die von dem Romantiker Friedrich de la Motte Fouqué (1777–1843)[6] stammende Erzählung »Undine« (1811), zugleich dessen gelungenste Schöpfung, über die Heinrich Heine in seinem Buch »Die romantische Schule« folgendes Loblied anstimmt: »Aber welch ein wunderliebliches Gedicht ist die Undine! Dieses Gedicht ist selbst ein Kuß; der Genius der Poesie küßte den schlafenden Frühling, und dieser schlug lächelnd die Augen auf, und alle Rosen dufteten und alle Nachtigallen sangen, und was die Rosen dufteten und die Nachtigallen sangen, das hat unser vortrefflicher Fouqué in Worte gekleidet, und er nannte es: ›Undine‹.«[7]

Weitere – sehr unterschiedliche – Nixenmärchen haben uns der Spätromantiker Eduard Mörike (1804–1875) mit der – in das Kunstmärchen »Das Stuttgarter Hutzelmännlein« (1853) eingeflochtenen – »Historie von der schönen Lau« und die dem Poetischen Realismus zuzurechnenden Dichter Theodor Storm (1817–1888) mit »Die Regentrude« (1864) und Paul Heyse (1830–1914) mit »Die Nixe« – aus der Sammlung »Märchen und Spukgeschichten« (1908) – geschenkt.[8]

Anmerkungen:

1 »Die gemeingermanische Grundbedeutung dieses Wortes ist ›waschen, plätschern‹. Gegen Ende des 13. Jahrhunderts begegnet uns die Bezeichnung ›wazzernixe‹ erstmals bei Konrad von Würzburg.« (Leander Petzold: Dämonenfurcht und Gottvertrauen. Zur Geschichte und Erforschung unserer Volkssagen. Wissenschaftliche Buchgesellschaft, Darmstadt 1989, S. 101)

2 Umfassendere Dämonologien haben uns Johannes Praetorius (1630–1680) mit »Anthropodemus plutonicus, das ist eine neue Welt-Beschreibung von allerley wunderbahren Menschen« (1666/67) und Georg Friedrich Daumer (1800–1875) mit »Das Geisterreich in Glauben, Vorstellung, Sage und Wirklichkeit« (1867) geliefert. Eine ausführliche Darstellung erfährt der Geisterglaube zudem in den volkskundlichen Klassikern von Friedrich Ludwig Ferdinand von Dobeneck, »Des deutschen Mittelalters Volksglauben und Heroensagen« (1815), Jacob Grimm, »Deutsche Mythologie« (1835), Ludwig Bechstein, »Mythe, Sage, Märe und Fabel im Leben und Bewußtsein des deutschen

Volkes« (1854/55), und von Adolf Wuttke/Elard Hugo Meyer, »Der deutsche Volksaberglaube der Gegenwart« (1900).

[3] Zitiert nach: »Elementargeister« (1834), in: Heinrich Heine: Sämtliche Werke in zwölf Bänden. Mit Einleitung von Adolph Kohut. Elfter Band. Berlin–Leipzig. Verlag von Th. Knaur Nachf., o. J., S. 71.

[4] »Am reichsten sind Schlesien, die Oberpfalz und das mitteldeutsche Gebiet an solchen Sagen.« (Leander Petzold: a.a.O., S. 100–101)

[5] Ein prominentes Beispiel – »Die Nixe im Teich« aus den »Kinder- und Hausmärchen« (Erstausgabe: 1812/15) der Brüder Grimm (Jacob: 1785–1863, Wilhelm: 1786–1859) – steht am Anfang unserer Anthologie.

[6] Das erzählerische Werk Fouqués, sofern selbständig erschienen, ist neuerdings in einer Reprint-Sammelausgabe zugänglich: Friedrich de la Motte Fouqué. Sämtliche Romane und Novellenbücher, herausgegeben von Wolfang Möhrig. Mit einer Einleitung von Christoph Lorenz. Georg Olms Verlag. Hildesheim–Zürich–New York 1989/94.

[7] Zitiert nach: Die romantische Schule (1833), in: Heinrich Heine: Sämtliche Werke, Zehnter Band, S. 207–208.

[8] Zu erwähnen wären ferner: »Das Märchen vom Murmeltier« (in dem »Frau Lureley, die gute und schöne Wasserfrau« auftritt) aus den »Rheinmärchen« (postum 1846) von Clemens Brentano (1778–1842), dem neben Achim von Arnim bedeutendsten Vertreter der Heidelberger Romantik; das (letztlich auf eine mittelalterliche französische Romanvorlage zurückgehende) Volksbuch »Die schöne Melusina« aus dem »Buch der schönsten Geschichten und Sagen für Alt und Jung wiedererzählt« (1836/37) des Spätromantikers Gustav Schwab (1792–1850); »Selinde« aus den »Thüringischen Volksmärchen« (1823) von Ludwig Bechstein (1801–1860), einem weiteren Spätromantiker. (Allerdings handelt es sich bei diesen »Volksmärchen« ebensowenig wie bei denen des Musäus um echte Vertreter der so bezeichneten epischen Gattung, sofern man vom heute üblichen Sprachgebrauch ausgeht, sondern – gleich allen Texten unserer Anthologie mit Ausnahme des Grimmschen – um Kunstmärchen beziehungsweise Märchennovellen.)

Die Nixe im Teich

Es war einmal ein Müller, der führte mit seiner Frau ein vergnügtes Leben. Sie hatten Geld und Gut, und ihr Wohlstand nahm von Jahr zu Jahr noch zu. Aber Unglück kommt über Nacht; wie ihr Reichtum gewachsen war, so schwand er von Jahr zu Jahr wieder hin, und zuletzt konnte der Müller kaum noch die Mühle, in der er saß, sein Eigentum nennen. Er war voll Kummer, und wenn er sich nach der Arbeit des Tags niederlegte, so fand er keine Ruhe, sondern wälzte sich voll Sorgen in seinem Bett. Eines Morgens stand er schon vor Tagesanbruch auf, ging hinaus ins Freie und dachte, es sollte ihm leichter ums Herz werden. Als er über dem Mühldamm dahinschritt, brach eben der erste Sonnenstrahl hervor, und er hörte in dem Weiher etwas rauschen. Er wendete sich um und erblickte ein schönes Weib, das sich langsam aus dem Wasser erhob. Ihre langen Haare, die sie über den Schultern mit ihren zarten Händen gefaßt hatte, flossen an beiden Seiten herab und bedeckten ihren weißen Leib. Er sah wohl, daß es die Nixe des Teichs war, und wußte vor Furcht nicht, ob er davongehen oder stehenbleiben sollte. Aber die Nixe ließ ihre sanfte Stimme hören, nannte ihn beim Namen und fragte, warum er so traurig wäre. Der Müller war anfangs verstummt, als er sie aber so freundlich sprechen hörte, faßte er sich ein Herz und erzählte ihr, daß er sonst in Glück und Reichtum gelebt hätte, aber jetzt so arm wäre, daß er sich keinen Rat mehr wüßte. »Sei ruhig«, antwortete die Nixe, »ich will dich reicher und glücklicher machen, als du je gewesen bist, nur mußt du mir versprechen, daß du mir geben willst, was eben in deinem Hause jung geworden ist.« – »Was kann das anders sein«, dachte der Müller, »als ein junger Hund oder ein junges Kätzchen?«, und sagte ihr zu, was sie verlangte. Die Nixe stieg wieder in das Wasser hinab, und er eilte getröstet und guten Mutes nach seiner Mühle. Noch hatte er sie nicht erreicht, da trat die Magd aus der Haustür und rief ihm zu, er sollte sich freuen, seine Frau hätte ihm einen kleinen Knaben geboren. Der Müller stand wie vom Blitz gerührt, er sah wohl, daß die tückische Nixe das gewußt und ihn betrogen hatte. Mit gesenktem Haupt trat er zu dem Bett seiner Frau, und als sie ihn fragte: »Warum freust du dich nicht über den schönen Knaben?«, so erzählte er ihr, was ihm begegnet war und was für ein Versprechen er der Nixe gegeben hatte. »Was hilft mir Glück und Reichtum«, fügte er hinzu, »wenn ich mein Kind verlieren soll? Aber was kann ich tun?« Auch die Verwandten, die herbeigekommen waren, Glück zu wünschen, wußten keinen Rat.

Indessen kehrte das Glück in das Haus des Müllers wieder ein. Was er unternahm, gelang, es war, als ob Kisten und Kasten von selbst sich füllten und das Geld im Schrank über Nacht sich mehrte. Es dauerte nicht lange, so war sein Reichtum größer als je zuvor. Aber er konnte sich nicht ungestört darüber freuen, die Zusage, die er der Nixe getan hatte, quälte sein Herz. Sooft er an dem Teich vorbeikam, fürchtete er, sie möchte auftauchen und ihn an seine Schuld mahnen. Den Knaben selbst ließ er nicht in die Nähe des Wassers: »Hüte dich«, sagte er zu ihm, »wenn du das Wasser berührst, so kommt eine Hand heraus, hascht dich und zieht dich hinab.« Doch als Jahr auf Jahr verging und die Nixe sich nicht wieder zeigte, so fing der Müller an sich zu beruhigen.

Der Knabe wuchs zum Jüngling heran und kam bei einem Jäger in die Lehre. Als er ausgelernt hatte und ein tüchtiger Jäger geworden war, nahm ihn der Herr des Dorfes in seine Dienste. In dem Dorf war ein schönes und treues Mädchen, das dem Jäger gefiel, und als sein Herr das bemerkte, schenkte er ihm ein kleines Haus; die beiden hielten Hochzeit, lebten ruhig und glücklich und liebten sich von Herzen.

Einstmals verfolgte der Jäger ein Reh. Als das Tier aus dem Wald in das freie Feld ausbog, setzte er ihm nach und streckte es endlich mit einem Schuß nieder. Er bemerkte nicht, daß er sich in der Nähe des gefährlichen Weihers befand, und ging, nachdem er das Tier ausgeweidet hatte, zu dem

Wasser, um seine mit Blut befleckten Hände zu waschen. Kaum aber hatte er sie hineingetaucht, als die Nixe emporstieg, lachend mit ihren nassen Armen ihn umschlang und so schnell hinabzog, daß die Wellen über ihm zusammenschlugen.

Als es Abend war und der Jäger nicht nach Haus kam, so geriet seine Frau in Angst. Sie ging aus, ihn zu suchen, und da er ihr oft erzählt hatte, daß er sich vor den Nachstellungen der Nixe in acht nehmen müßte und nicht in die Nähe des Weihers sich wagen dürfte, so ahnte sie schon, was geschehen war. Sie eilte zu dem Wasser, und als sie am Ufer seine Jägertasche liegen fand, da konnte sie nicht länger an dem Unglück zweifeln. Wehklagend und händeringend rief sie ihren Liebsten mit Namen, aber vergeblich; sie eilte hinüber auf die andere Seite des Weihers und rief ihn aufs neue; sie schalt die Nixe mit harten Worten, aber keine Antwort erfolgte. Der Spiegel des Wassers blieb ruhig, nur das halbe Gesicht des Mondes blickte unbeweglich zu ihr herauf.

Die arme Frau verließ den Teich nicht. Mit schnellen Schritten, ohne Rast und Ruhe, umkreiste sie ihn immer von neuem, manchmal still, manchmal einen heftigen Schrei ausstoßend, manchmal in leisem Wimmern. Endlich waren ihre Kräfte zu Ende; sie sank zur Erde nieder und verfiel in einen tiefen Schlaf. Bald überkam sie ein Traum.

Sie stieg zwischen großen Felsblöcken angstvoll aufwärts; Dornen und Ranken hakten sich an ihre Füße, der Regen schlug ihr ins Gesicht, und der

Wind zauste ihr langes Haar. Als sie die Anhöhe erreicht hatte, bot sich ein ganz anderer Anblick dar. Der Himmel war blau, die Luft mild, der Boden senkte sich sanft hinab, und auf einer grünen, bunt beblümten Wiese stand eine reinliche Hütte. Sie ging darauf zu und öffnete die Türe; da saß eine Alte mit weißen Haaren, die ihr freundlich winkte. In dem Augenblick erwachte die arme Frau. Der Tag war schon angebrochen, und sie entschloß sich gleich, dem Traum Folge zu leisten. Sie stieg mühsam den Berg hinauf, und es war alles so, wie sie es in der Nacht gesehen hatte. Die Alte empfing sie freundlich und zeigte ihr einen Stuhl, auf den sie sich setzen sollte. »Du mußt ein Unglück erlebt haben«, sagte sie, »weil du meine einsame Hütte aufsuchst.« Die Frau erzählte ihr unter Tränen, was ihr begegnet war. »Tröste dich«, sagte die Alte, »ich will dir helfen; da hast du einen goldenen Kamm. Harre, bis der Vollmond aufgestiegen ist, dann geh zu dem Weiher, setze dich am Rand nieder und strähle dein langes schwarzes Haar mit diesem Kamm. Wenn du aber fertig bist, so lege ihn am Ufer nieder, und du wirst sehen, was geschieht.«

Die Frau kehrte zurück, aber die Zeit bis zum Vollmond verstrich ihr langsam. Endlich erschien die leuchtende Scheibe am Himmel; da ging sie hinaus an den Weiher, setzte sich nieder und kämmte ihre langen schwarzen Haare mit dem goldenen Kamm, und als sie fertig war, legte sie ihn an den Rand des Wassers nieder. Nicht lange, so brauste es aus der

Tiefe; eine Welle erhob sich, rollte an das Ufer und führte den Kamm mit sich fort. Es dauerte nicht länger, als der Kamm nötig hatte, auf den Grund zu sinken, so teilte sich der Wasserspiegel, und der Kopf des Jägers stieg in die Höhe. Er sprach nicht, schaute aber seine Frau mit traurigen Blicken an. In demselben Augenblick kam eine zweite Welle herangerauscht und bedeckte das Haupt des Mannes. Alles war verschwunden, der Weiher lag so ruhig wie zuvor, und nur das Gesicht des Vollmondes glänzte darauf.

Trostlos kehrte die Frau zurück, doch der Traum zeigte ihr die Hütte der Alten. Abermals machte sie sich am nächsten Morgen auf den Weg und klagte der weisen Frau ihr Leid. Die Alte gab ihr eine goldene Flöte und sprach: »Harre, bis der Vollmond wieder kommt, dann nimm diese Flöte, setze dich an das Ufer, blas ein schönes Lied darauf, und wenn du damit fertig bist, so lege sie auf den Sand; du wirst sehen, was geschieht.

Die Frau tat, wie die Alte gesagt hatte. Kaum lag die Flöte auf dem Sand, so brauste es aus der Tiefe; eine Welle erhob sich, zog heran und führte die Flöte mit sich fort. Bald darauf teilte sich das Wasser, und nicht bloß der Kopf, auch der Mann stieg bis zur Hälfte des Leibes hervor. Er breitete voll Verlangen seine Arme nach ihr aus, aber eine zweite Welle rauschte heran, bedeckte ihn und zog ihn wieder hinab.

»Ach, was hilft es mir«, sagte die Unglückliche, »daß ich meinen Liebsten nur erblicke, um ihn wieder zu verlieren.« Der Gram erfüllte aufs neue ihr Herz, aber der Traum führte sie zum drittenmal in das Haus der Alten. Sie machte sich auf den Weg, und die weise Frau gab ihr ein goldenes Spinnrad, tröstete sie und sprach: »Es ist noch nicht alles vollbracht; harre, bis der Vollmond kommt, dann nimm das Spinnrad, setze dich an das Ufer und spinn die Spule voll, und wenn du fertig bist, so stelle das Spinnrad nahe an das Wasser, und du wirst sehen, was geschieht.«

Die Frau befolgte alles genau. Sobald der Vollmond sich zeigte, trug sie das goldene Spinnrad an das Ufer und spann emsig, bis der Flachs zu Ende und die Spule mit dem Faden ganz angefüllt war. Kaum aber stand das Rad am Ufer, so brauste es noch heftiger als sonst in der Tiefe des Wassers; eine mächtige Welle eilte herbei und trug das Rad mit sich fort. Alsbald stieg mit einem Wasserstrahl der Kopf und der ganze Leib des Mannes in die Höhe. Schnell sprang er ans Ufer, faßte seine Frau an der Hand und entfloh. Aber kaum hatten sie sich eine kleine Strecke entfernt, so erhob sich mit entsetzlichem Brausen der ganze Weiher und strömte mit reißender Gewalt in das weite Feld hinein. Schon sahen die Fliehenden ihren Tod vor Augen, da rief die Frau in ihrer Angst die Hilfe der Alten an, und in dem Augenblick waren sie verwandelt, sie in eine Kröte, er in einen Frosch. Die Flut, die sie erreicht hatte, konnte sie nicht töten, aber sie riß sie beide voneinander und führte sie weit weg.

Als das Wasser sich verlaufen hatte und beide wieder den trocknen Boden berührten, so kam ihre menschliche Gestalt zurück. Aber keiner wußte, wo der andere geblieben war; sie befanden sich unter fremden Menschen, die ihre Heimat nicht kannten. Hohe Berge und tiefe Täler lagen zwischen ihnen. Um sich das Leben zu erhalten, mußten beide Schafe hüten. Sie trieben lange Jahre ihre Herden durch Feld und Wald und waren voll Trauer und Sehnsucht.

Als wieder einmal der Frühling aus der Erde hervorgekrochen war, zogen beide an einem Tag mit ihren Herden aus, und der Zufall wollte, daß sie einander entgegenzogen. Er erblickte an einem fernen Bergesabhang eine Herde und trieb seine Schafe nach der Gegend hin. Sie kamen in einem Tal zusammen, aber sie erkannten sich nicht, doch freuten sie sich, daß sie nicht mehr so einsam waren. Von nun an trieben sie jeden Tag ihre Herde nebeneinander; sie sprachen nicht viel, aber sie fühlten sich getröstet. Eines Abends, als der Vollmond am Himmel schien und die Schafe schon ruhten, holte der Schäfer die Flöte aus seiner Tasche und blies ein schönes, aber trauriges Lied. Als er fertig war, bemerkte er, daß die Schäferin bitterlich weinte. »Warum weinst du?« fragte er. »Ach«, antwortete sie, »so schien auch der Vollmond, als ich zum letztenmal dieses Lied auf der Flöte blies und das Haupt meines Liebsten aus dem Wasser hervorkam.« Er sah sie an, und es war ihm, als fiele eine Decke von den Augen; er erkannte seine liebste

Frau; und als sie ihn anschaute und der Mond auf sein Gesicht schien, erkannte sie ihn auch. Sie umarmten und küßten sich, und ob sie glückselig waren, braucht keiner zu fragen.

Die schöne Lau

Der Blautopf ist der große runde Kessel eines wundersamen Quells bei einer jähen Felsenwand gleich hinter dem Kloster. Gen Morgen sendet er ein Flüßchen aus, die Blau, welche der Donau zufällt. Dieser Teich ist einwärts wie ein tiefer Trichter, sein Wasser ist von Farbe ganz blau, sehr herrlich, mit Worten nicht wohl zu beschreiben; wenn man es aber schöpft, sieht es ganz hell in dem Gefäß.

Zu unterst auf dem Grund saß ehemals eine Wasserfrau mit langen fließenden Haaren. Ihr Leib war allenthalben wie eines schönen, natürlichen Weibs, dies eine ausgenommen, daß sie zwischen den Fingern und Zehen eine Schwimmhaut hatte, blühweiß und zärter als ein Blatt von Mohn. Im Städtlein ist noch heutzutag ein alter Bau, vormals ein Frauenkloster, hernach zu einer großen Wirtschaft eingerichtet, und hieß darum der Nonnenhof. Dort hing vor sechzig Jahren noch ein Bildnis von dem Wasserweib, trotz Rauch und Alter noch wohl kenntlich in den Farben. Da hatte sie die Hände kreuzweis auf die Brust gelegt, ihr Angesicht sah weißlich, das Haupthaar schwarz, die Augen aber, welche sehr groß waren, blau. Beim Volk hieß sie die arge Lau im Topf, auch wohl die schöne Lau. Gegen die Menschen erzeigte sie sich bald böse, bald gut. Zuzeiten, wenn sie im Unmut den Gumpen übergehen ließ, kam Stadt und Kloster in Gefahr; dann brachten ihr die Bürger in einem feierlichen Aufzug oft Geschenke, sie zu begütigen, als: Gold- und Silbergeschirr, Becher, Schalen, kleine Messer und andre Dinge; dawider zwar, als einen heidnischen Gebrauch und Götzendienst, die Mönche redlich eiferten, bis derselbe auch endlich ganz abgestellt worden. So feind darum die Wasserfrau dem Kloster war, geschah es doch nicht selten, wenn Pater Emeran die Orgel drüben schlug und kein Mensch in der Nähe war, daß sie am lichten Tag mit halbem Leib herauskam und zuhorchte; dabei trug sie zuweilen einen Kranz von breiten Blättern auf dem Kopf und auch dergleichen um den Hals.

Ein frecher Hirtenjung belauschte sie einmal in dem Gebüsch und rief: »Hei, Laubfrosch! Git's guat Wetter?« Geschwinder als ein Blitz und giftiger als eine Otter fuhr sie heraus, ergriff den Knaben beim Schopf und riß ihn mit hinunter in eine ihrer nassen Kammern, wo sie den ohnmächtig Gewordenen jämmerlich verschmachten und verfaulen lassen wollte. Bald aber kam er wieder zu sich, fand eine Tür und kam, über Stufen und Gänge, durch viele Gemächer in einen schönen Saal. Hier war es lieblich, glusam mitten im Winter. In einer Ecke brannte, indem die Lau und ihre Dienerschaft schon schliefen, auf einem hohen Leuchter mit goldenen Vogelfüßen als Nachtlicht eine Ampel. Es stand viel köstlicher Hausrat herum an den Wänden, und diese waren samt dem Estrich ganz mit Teppichen staffiert, Bildweberei in allen Farben. Der Knabe hurtig nahm das Licht herunter von dem Stock, sah sich in Eile um, was er noch sonst erwischen möchte, und griff aus einem Schrank etwas heraus; das stak in einem Beutel und war mächtig schwer, deswegen er vermeinte, es sei Gold; lief dann und kam vor ein erzenes Pförtlein, das mochte in der Dicke gut zwo Fäuste sein, schob die Riegel zurück und stieg eine steinerne Treppe hinauf in unterschiedlichen Absätzen, bald links, bald wieder rechts, gewiß vierhundert Stufen, bis sie zuletzt ausgingen und er auf ungeräumte Klüfte stieß; da mußte er das Licht dahinten lassen und kletterte so mit Gefahr seines Lebens noch eine Stunde lang im Finstern hin und her, dann aber brachte er den Kopf auf einmal aus der Erde. Es war tief Nacht und dicker Wald um ihn. Als er nach vielem Irregehen endlich mit der ersten Morgenhelle auf gänge Pfade kam und von dem Felsen aus das Städtlein unten erblickte, verlangte ihn, am Tag zu sehen, was in dem Beutel wäre; da war es weiter nichts als ein Stück Blei, ein schwerer Kegel, spannenlang, mit einem Öhr an seinem obern Ende, weiß vor Alter. Im Zorn warf er den Plunder weg, ins Tal hinab, und sagte nachher weiter niemand von dem Raub, weil er sich dessen schämte. Doch kam von ihm die erste Kunde von der Wohnung der Wasserfrau unter die Leute.

Nun ist zu wissen, daß die schöne Lau nicht hier am Ort zu Hause war; vielmehr war sie, als eine Fürstentochter, und zwar von Mutter Seiten her halbmenschlichen Geblüts, mit einem alten Donau-Nix am Schwarzen Meer vermählt. Ihr Mann verbannte sie, darum, daß sie nur tote Kinder hatte. Das aber kam, weil sie stets traurig war, ohn' einige besondere Ursach. Die Schwiegermutter hatte ihr geweissagt, sie möge eher nicht eines lebenden Kindes genesen, als bis sie fünfmal von Herzen gelacht haben würde. Beim fünften Male müßte etwas sein, das dürfe sie nicht wissen noch auch der alte Nix. Es wollte aber damit niemals glücken, soviel auch ihre Leute deshalb Fleiß anwendeten; endlich da mochte sie der alte König ferner nicht an seinem Hofe leiden und sandte sie an diesen Ort, unweit der obern Donau, wo seine Schwester wohnte. Die Schwiegermutter hatte ihr zum Dienst und Zeitvertreib etliche Kammerzofen und Mägde mitgegeben, so muntere und kluge Mädchen, als je auf Entenfüßen gingen (denn was von dem gemeinen Stamm der Wasserweiber ist, hat rechte Entenfüße); die zogen sie, pur für die Langeweile, sechsmal des Tages anders an – denn außerhalb dem Wasser ging sie in köstlichen Gewändern, doch barfuß –, erzählten ihr alte Geschichten und Mären, machten Musik, tanzten und scherzten vor ihr. An jenem Saal, darin der Hirtenbub gewesen, war der Fürstin ihr Gaden oder Schlafgemach, von welchem eine Treppe in den Blautopf ging. Da lag sie manchen lieben Tag und manche Sommernacht, der Kühlung wegen. Auch hatte sie allerlei lustige Tiere, wie Vögel, Küllhasen und Affen, vornehmlich aber einen possigen Zwerg, durch welchen vormals einem Ohm der Fürstin war von eben solcher Traurigkeit geholfen worden. Sie spielte alle Abend Damenziehen, Schachzagel oder Schaf und Wolf mit ihm; sooft er einen ungeschickten Zug getan, schnitt er die raresten Gesichter, keines dem andern gleich, nein, immer eines ärger als das andere, daß auch der weise Salomo das Lachen nicht gehalten hätte, geschweige denn die Kammerjungfern oder du selber, liebe Leserin, wärst du dabei gewesen; nur bei der schönen Lau schlug eben gar nichts an, kaum daß sie ein paarmal den Mund verzog.

Es kamen alle Jahr um Winters Anfang Boten von daheim, die klopften an der Halle mit dem Hammer, da frugen dann die Jungfern:

»Wer pochet, daß einem das Herz erschrickt?«

Und jene sprachen:

»Der König schickt!
Gebt uns wahrhaftigen Bescheid,
Was Gut's ihr habt geschafft die Zeit.«

Und sie sagten:

»Wir haben die ferndigen Lieder gesungen,
Und haben die ferndigen Tänze gesprungen,
Gewonnen war es um ein Haar! –
Kommt, liebe Herren, übers Jahr.«

So zogen sie wieder nach Haus. Die Frau war aber vor der Botschaft und darnach stets noch einmal so traurig.

Im Nonnenhof war eine dicke Wirtin, Frau Betha Sensolffin, ein frohes Biederweib, christlich, leutselig, gütig; zumal an armen reisenden Gesellen bewies sie sich als eine rechte Fremdenmutter. Die Wirtschaft führte zumeist ihr ältester Sohn, Stephan, welcher verehlicht war; ein andrer, Xaver, war Klosterkoch, zwo Töchter noch bei ihr. Sie hatte einen kleinen Küchengarten vor der Stadt, dem Topf zunächst. Als sie im Frühjahr einst am ersten warmen Tag dort war und ihre Beete richtete, den Kappis, den Salat zu säen, Bohnen und Zwiebel zu stecken, besah sie sich von ungefähr auch einmal recht mit Wohlgefallen wieder das schöne blaue Wasser überm Zaun und mit Verdruß daneben einen alten garstigen Schutthügel, der schändete den ganzen Platz; nahm also, wie sie fertig war mit ihrer Arbeit und das Gartentürlein hinter sich zugemacht hatte, die Hacke noch einmal, riß flink das gröbste Unkraut aus, erlas etliche Kürbiskern' aus ihrem Samenkorb und steckte hin und wieder einen in den Haufen. (Der Abt im Kloster, der die Wirtin, als eine saubere Frau, gern sah – man hatte sie nicht über vierzig Jahr geschätzt, er selber aber war gleich ihr ein starkbeleibter Herr –, stand just am Fenster oben und grüßte herüber, indem er mit dem Finger drohte, als halte sie zu seiner Widersacherin.) Die Wüstung grünte nun den ganzen Sommer, daß es eine Freude war, und hingen dann im Herbst die großen gelben Kürbis an den Abhang nieder bis zu dem Teich.

Jetzt ging einstmals der Wirtin Tochter, Jutta, in den Keller, woselbst sich noch von alten Zeiten her ein offener Brunnen mit einem steinernen Kasten befand. Beim Schein des Lichts erblickte sie darinnen mit Entsetzen die schöne Lau, schwebend bis an die Brust im Wasser!, sprang voller Angst davon und sagt's der Mutter an; die fürchtete sich nicht und stieg allein hinunter, litt auch nicht, daß ihr der Sohn zum Schutz nachfolge, weil das Weib nackt war.

Der wunderliche Gast sprach diesen Gruß:

»Die Wasserfrau ist kommen,
Gekrochen und geschwommen,
Durch Gänge steinig, wüst und kraus,
Zur Wirtin in das Nonnenhaus.
Sie hat sich meinethalb gebückt,
Mein' Topf geschmückt
Mit Früchten und mit Ranken,
Das muß ich billig danken.«

Sie hatte einen Kreisel aus wasserhellem Stein in ihrer Hand, den gab sie der Wirtin und sagte: »Nehmt dieses Spielzeug, liebe Frau, zu meinem Angedenken. Ihr werdet guten Nutzen davon haben. Denn jüngsthin habe ich gehört, wie Ihr in Eurem Garten der Nachbarin klagtet, Euch sei schon auf die Kirchweih angst, wo immer die Bürger und Bauern zu Unfrieden kämen und Mord und Totschlag zu befahren sei. Derhalben, liebe Frau, wenn wieder die trunkenen Gäste bei Tanz und Zeche Streit beginnen, nehmt den Topf zur Hand und dreht ihn vor der Tür des Saals im Öhrn, da wird man hören durch das ganze Haus ein mächtiges und herrliches Getöne, daß alle gleich die Fäuste werden sinken lassen und guter Dinge sein, denn jählings ist ein jeder nüchtern und gescheit geworden. Ist es an dem, so werfet Eure Schürze auf den Topf, da wickelt er sich alsbald ein und lieget stille.«

So redete das Wasserweib. Frau Betha nahm vergnügt das Kleinod samt der goldenen Schnur und dem Halter von Ebenholz, rief ihre Tochter Jutta her (sie stand nur hinter dem Krautfaß an der Staffel), wies ihr die Gabe, dankte und lud die Frau, sooft die Zeit ihr lang wär', freundlich ein zu fernerem Besuch; darauf das Weib hinabfuhr und verschwand.

Es dauerte nicht lang, so wurde offenbar, welch einen Schatz die Wirtschaft an dem Topf gewann. Denn nicht allein, daß er durch seine Kraft und hohe Tugend die übeln Händel allezeit in einer Kürze dämpfte, er brachte auch dem Gasthaus bald erstaunliche Einkehr zuwege. Wer in die Gegend kam, gemein oder vornehm, ging ihm zulieb; insonderheit kam bald der Graf von Helfenstein, von Württemberg und etliche große Prälaten; ja ein berühmter Herzog aus Lombardenland, so bei dem Herzoge von Bayern gastweis war und dieses Wegs nach Frankreich reiste, bot vieles Geld für dieses Stück, wenn es die Wirtin lassen wollte. Gewiß auch war in keinem andern Land seinesgleichen zu sehen und zu hören. Erst, wenn er anhub, sich zu drehen, ging es doucement her, dann klang es stärker und stärker, so hoch wie tief, und immer herrlicher, als wie der Schall von vielen Pfeifen, der quoll und stieg durch alle Stockwerke bis unter das Dach und bis in den Keller, dergestalt, daß alle Wände, Dielen, Säulen und Geländer schienen, davon erfüllt zu sein, zu tönen und zu schwellen. Wenn nun das Tuch auf ihn geworfen wurde und er ohnmächtig lag, so hörte gleichwohl die Musik sobald nicht auf, es zog vielmehr der ausgeladene Schwall mit starkem Klingen, Dröhnen, Summen noch wohl bei einer Viertelstunde hin und her.

Bei uns im Schwabenland heißt so ein Topf aus Holz gemeinhin eine Habergeiß; Frau Betha ihrer ward nach seinem vornehmsten Geschäfte insgemein genannt der Bauren-Schweiger. Er war gemacht aus einem großen Amethyst, des Name besagen will: wider den Trunk; weil er den schweren Dunst des Weins geschwinde aus dem Kopf vertreibt, ja schon von Anbeginn dawider tut, daß einen guten Zecher das Selige berühre; darum ihn auch weltlich und geistliche Herren sonst häufig pflegten, am Finger zu tragen.

Die Wasserfrau kam jeden Mond einmal, auch je und je unverhofft zwischen der Zeit, weshalb die Wirtin eine Schelle richten ließ, oben im Haus, mit einem Draht, der lief herunter an der Wand beim Brunnen, damit sie sich gleichbald anzeigen konnte. Also ward sie je mehr und mehr zutunlich zu den wackeren Frauen, der Mutter samt den Töchtern und der Söhnerin.

Einstmals an einem Nachmittag im Sommer, da eben keine Gäste kamen, der Sohn mit den Knechten und Mägden hinaus in das Heu gefahren war, Frau Betha mit der Ältesten im Keller Wein abließ, die Lau im Brunnen aber Kurzweil halben dem Geschäft zusah, und nun die Frauen noch ein wenig mit ihr plauderten, da fing die Wirtin an: »Mögt Ihr Euch denn einmal in meinem Haus und Hof umsehn? Die Jutta könnte Euch etwas von Kleidern geben; ihr seid von einer Größe.«

»Ja«, sagte sie, »ich wollte lange gern die Wohnungen der Menschen sehn, was alles sie darin gewerben, spinnen, weben, ingleichen auch wie Eure Töchter Hochzeit machen und ihre kleinen Kinder in der Wiege schwenken.«

Da lief die Tochter fröhlich mit Eile hinauf, ein rein Leintuch zu holen, bracht' es und half ihr aus dem Kasten steigen, das tat sie sonder Müh und lachenden Mundes. Flugs schlug ihr die Dirne das Tuch um den Leib und führte sie bei ihrer Hand eine schmale Stiege hinauf in der hintersten Ecke des Kellers, da man durch eine Falltüre oben gleich in der Töchter Kammer gelangt. Allda ließ sie sich trocken machen und saß auf einem Stuhl, indem ihr Jutta die Füße abrieb. Wie diese ihr nun an die Sohle kam, fuhr sie zurück und kicherte. »War's nicht gelacht?« frug sie selber sogleich. »Was anders?« rief das Mädchen und jauchzte: »Gebenedeit sei uns der Tag! Ein erstes Mal wär' es geglückt!« Die

Wirtin hörte in der Küche das Gelächter und die Freude, kam herein, begierig wie es zugegangen, doch als sie die Ursach vernommen – du armer Tropf, so dachte sie, das wird ja schwerlich gelten! –, ließ sich indes nichts merken, und Jutta nahm etliche Stücke heraus aus dem Schrank, das Beste, was sie hatte, die Hausfreundin zu kleiden. »Seht«, sagte die Mutter, »sie will wohl aus Euch eine Susann Preisnestel machen.« »Nein«, rief die Lau in ihrer Fröhlichkeit, »laß mich die Aschengruttel sein in deinem Märchen!«, nahm einen schlechten runden Faltenrock und eine Jacke; nicht Schuh noch Strümpfe litt sie an den Füßen; auch hingen ihre Haare ungezöpft bis auf die Knöchel nieder. So strich sie durch das Haus von unten bis zuoberst, durch Küche, Stuben und Gemächer. Sie verwunderte sich des gemeinsten Gerätes und seines Gebrauchs, besah den rein gefegten Schenktisch, und darüber in langen Reihen die zinnenen Kannen und Gläser, alle gleich gestürzt, mit hängendem Deckel, dazu den kupfernen Schwenkkessel samt der Bürste, und mitten in der Stube an der Decke der Weber Zunftgeschmuck, mit Seidenband und Silberdraht geziert, in dem Kästlein von Glas. Von ungefähr erblickte sie ihr eigen Bild im Spiegel; davor blieb sie betroffen und erstockt eine ganze Weile stehn, und als darauf die Söhnerin sie mit in ihre Stube nahm und ihr ein neues Spiegelein, drei Groschen wert, verehrte, da meinte sie Wunders zu haben, denn unter allen ihren Schätzen fand sich dergleichen nicht.

Bevor sie aber Abschied nahm, geschah's, daß sie hinter den Vorhang des Alkovens schaute, woselbst der jungen Frau und ihres Mannes Bett sowie der Kinder Schlafstätte war. Saß da ein Enkelein mit rotgeschlafenen Backen, hemdig und einen Apfel in der Hand, auf einem runden Stühlchen von guter Ulmer Hafnerarbeit, grünverglaset. Das wollte dem Gast außer Maßen gefallen; sie nannte es einen viel zierlichen Sitz, rümpft' aber die Nase mit eins, und da die drei Frauen sich wandten zu lachen, vermerkte sie etwas und fing auch hell zu lachen an, und hielt sich die ehrliche Wirtin den Bauch, indem sie sprach: »Diesmal fürwahr hat es gegolten, und Gott schenk' Euch einen so frischen Buben, als mein Hans da ist!«

Die Nacht darauf, daß sich dies zugetragen, legte sich die schöne Lau getrost und wohlgemut, wie schon in Jahren nicht, im Grund des Blautopfs nieder, schlief gleich ein, und bald erschien ihr ein närrischer Traum.

Ihr däuchte da, es war die Stunde nach Mittag, wo in der heißen Jahreszeit die Leute auf der Wiese sind und mähen, die Mönche aber sich in ihren kühlen Zellen eine Ruhe machen, daher es noch einmal so still im ganzen Kloster und rings um seine Mauern war. Es stund jedoch nicht lange an, so kam der Abt herausspaziert und sah, ob nicht etwa die Wirtin in ihrem Garten sei. Dieselbe aber saß als eine dicke Wasserfrau mit langen Haaren in dem Topf, allwo der Abt sie bald entdeckte, sie begrüßte und ihr einen Kuß gab, so mächtig, daß es vom Klostertürmlein widerschallte, und schallte es der Turm ans Refektorium, das sagt' es der Kirche, und die sagt's dem Pferdestall, und der sagt's dem Fischhaus, und das sagt's dem Waschhaus, und im Waschhaus da riefen's die Zuber und Kübel sich zu. Der Abt erschrak bei solchem Lärm; ihm war, wie er sich nach der Wirtin bückte, sein Käpplein in den Blautopf gefallen; sie gab es ihm geschwind, und er watschelte hurtig davon.

Da aber kam aus dem Kloster heraus unser Herrgott, zu sehn was es gebe. Er hatte einen langen weißen Bart und einen roten Rock. Und frug den Abt, der ihm just in die Hände lief:

»Herr Abt, wie ward Euer Käpplein so naß?«

Und er antwortete:

»Es ist mir ein Wildschwein am Wald
verkommen,
Vor dem hab' ich Reißaus genommen;
Ich rannte sehr und schwitzet' baß,
Davon ward wohl mein Käpplein so naß.«

Da hob unser Herrgott, unwirs ob der Lüge, seinen Finger auf, winkt' ihm und ging voran, dem Kloster zu. Der Abt sah hehlings noch einmal nach der Frau Wirtin um, und diese rief: »Ach liebe Zeit, ach liebe Zeit, jetzt kommt der gut alt Herr in die Prison!«

Dies war der schönen Lau ihr Traum. Sie wußte aber beim Erwachen und spürte noch an ihrem

Herzen, daß sie im Schlaf sehr lachte, und ihr hüpfte noch wachend die Brust, daß der Blautopf oben Ringlein schlug.

Weil es den Tag zuvor sehr schwül gewesen, so blitzte es jetzt in der Nacht. Der Schein erhellte den Blautopf ganz, auch spürte sie am Boden, es donnere weit weg. So blieb sie mit zufriedenem Gemüte noch eine Weile ruhen, den Kopf in ihre Hand gestützt, und sah dem Wetterblicken zu. Nun stieg sie auf, zu wissen, ob der Morgen etwa komme: alleine es war noch nicht viel über Mitternacht. Der Mond stand glatt und schön über dem Rusenschloß, die Lüfte aber waren voll vom Würzgeruch der Mahden.

Sie meinte fast der Geduld nicht zu haben bis an die Stunde, wo sie im Nonnenhof ihr neues Glück verkünden durfte, ja wenig fehlte, daß sie sich jetzt nicht mitten in der Nacht aufmachte und vor Juttas Türe kam (wie sie nur einmal, Trostes wegen, in übergroßem Jammer nach der jüngsten Botschaft aus der Heimat tat), doch sie besann sich anders und ging zu besserer Zeit.

Frau Betha hörte ihren Traum gutmütig an, obwohl er ihr ein wenig ehrenrührig schien. Bedenklich aber sagte sie darauf: »Baut nicht auf solches Lachen, das im Schlaf geschah; der Teufel ist ein Schelm. Wenn Ihr auf solches Trugwerk hin die Boten mit fröhlicher Zeitung entließet, und die Zukunft strafte Euch Lügen, es könnte schlimm daheim ergehen.«

Auf diese Rede hing die schöne Lau den Mund gar sehr und sagte: »Frau Ahne hat der Traum verdrossen!«, nahm kleinlauten Abschied und tauchte hinunter.

Es war nah bei Mittag, da rief der Pater Schaffner im Kloster dem Bruder Kellermeister eifrig zu: »Ich merk', es ist im Gumpen letz! Die Arge will Euch Eure Faß wohl wieder einmal schwimmen lehren. Tut Eure Läden eilig zu, vermachet alles wohl!«

Nun aber war des Klosters Koch, der Wirtin Sohn, ein lustiger Vogel, welchen die Lau wohl leiden mochte. Der dachte ihren Jäst mit einem Schnak zu stillen, lief nach seiner Kammer, zog die Bettscher aus der Lagerstätte und steckte sie am Blautopf in den Rasen, wo das Wasser auszutreten pflegte, und stellte sich mit Worten und Gebärden als einen viel getreuen Diener an, der mächtig Ängsten hätte, daß seine Herrschaft aus dem Bette fallen und etwa Schaden nehmen möchte. Da sie nun sah das Holz so recht mit Fleiß gesteckt und über das Bächlein gespreizt, kam ihr in ihrem Zorn das Lachen an, und lachte überlaut, daß man's im Klostergarten hörte.

Als sie hierauf am Abend zu den Frauen kam, da wußten sie es schon vom Koch und wünschten ihr mit tausend Freuden Glück. Die Wirtin sagte: »Der Xaver ist von Kindesbeinen an gewesen als wie der Zuberklaus, jetzt kommt uns seine Torheit zustatten.«

Nun aber ging ein Monat nach dem andern herum, es wollte sich zum dritten- oder viertenmal nicht wieder schicken. Martini war vorbei, noch wenig Wochen, und die Boten standen wieder vor der Tür.

Da ward es den guten Wirtsleuten selbst bang, ob heuer noch etwas zustande käme, und alle hatten nur zu trösten an der Frau. Je größer deren Angst, je weniger zu hoffen war.

Damit sie ihres Kummers eher vergesse, lud ihr Frau Betha einen Lichtkarz ein, da nach dem Abendessen ein halb Dutzend muntre Dirnen und Weiber aus der Verwandtschaft in einer abgelegenen Stube mit ihren Kunkeln sich zusammensetzten. Die Lau kam alle Abend in Juttas altem Rock und Kittel und ließ sich weit vom warmen Ofen weg in einem Winkel auf dem Boden nieder und hörte dem Geplauder zu, von Anfang als ein stummer Gast, ward aber bald zutraulich und bekannt mit allen. Um ihretwillen machte sich Frau Betha eines Abends ein Geschäft daraus, ihr Weihnachtskripplein für die Enkel beizeiten herzurichten: die Mutter Gottes mit dem Kind im Stall, bei ihr die drei Weisen aus Morgenland, ein jeder mit seinem Kamel, darauf er hergereist kam und seine Gaben brachte. Dies alles aufzuputzen, und zu leimen, was etwa lotter war, saß die Frau Wirtin an dem Tisch beim Licht mit ihrer Brille, und die Wasserfrau mit höchlichem Ergötzen sah ihr zu, sowie sie auch gerne vernahm, was ihr von heiligen Geschichten dabei gesagt wurde, doch nicht daß sie dieselben dem rechten Verstand nach begriff oder zu Herzen nahm, wie gern auch die Wirtin es wollte.

Frau Betha wußte ferner viel lehrreicher Fabeln und Denkreime, auch spitzweise Fragen und Rätsel; die gab sie nacheinander im Vorsitz aufzuraten, weil sonderlich die Wasserfrau von Hause aus dergleichen liebte und immer gar zufrieden schien, wenn sie es ein und das andre Mal traf (das doch nicht allzu leicht geriet). Eines derselben gefiel ihr vor allen, und was damit gemeint ist, nannte sie ohne Besinnen:

»Ich bin eine dürre Königin,
Trag' auf dem Haupt eine zierliche Kron',
Und die mir dienen mit treuem Sinn,
Die haben großen Lohn.

Meine Frauen müssen mich schön frisier'n,
Erzählen mir Märlein ohne Zahl,
Sie lassen kein einzig Haar an mir,
Doch siehst du mich nimmer kahl.

Spazieren fahr' ich frank und frei,
Das geht so rasch, das geht so fein;
Nur komm' ich nicht vom Platz dabei –
Sagt, Leute, was mag das sein?«

Darüber sagte sie, in etwas fröhlicher denn zuvor: »Wenn ich dereinstens wiederum in meiner Heimat bin, und kommt einmal ein schwäbisch Landeskind, zumal aus Eurer Stadt, auf einer Kriegsfahrt oder sonst durch der Walachen Land an unsere Gestade, so ruf' er mich bei Namen, dort wo der Strom am breitesten hineingeht in das Meer – versteht, zehn Meilen einwärts in dieselbe See erstreckt sich meines Mannes Reich, so weit das süße Wasser sie mit seiner Farbe färbt – dann will ich kommen und dem Fremdling zu Rat und Hilfe sein. Damit er aber sicher sei, ob ich es bin und keine andere, die ihm schaden möchte, so stelle er dies Rätsel. Niemand aus unserem Geschlechte außer mir wird ihm darauf antworten; denn dort zu Land sind solche Rocken und Rädlein, als Ihr in Schwaben führet, nicht gesehn, noch kennen sie dort Eure Sprache; darum mag dies die Losung sein.«

Auf einen andern Abend ward erzählt vom Doktor Veylland und Herrn Konrad von Württemberg, dem alten Gaugrafen, in dessen Tagen es noch keine Stadt mit Namen Stuttgart gab. Im Wiesental, da wo dieselbe sich nachmals erhob, stund nur ein stattliches Schloß mit Wassergraben und Zugbrücke; von Bruno, dem Domherrn von Speyer, Konradens Oheim, erbaut, und nicht gar weit davon ein hohes steinernes Haus. In diesem wohnte dazumal mit einem alten Diener ganz allein ein sonderlicher Mann, der war in natürlicher Kunst und in Arzneikunst sehr gelehrt und war mit seinem Herrn, dem Grafen, weit in der Welt herumgereist, in heißen Ländern, von wo er manche Seltsamkeit an Tieren, vielerlei Gewächsen und Meerwundern heraus nach Schwaben brachte. In seinem Öhrn sah man der fremden Sachen eine Menge an den Wänden herum hangen: die Haut vom Krokodil sowie Schlangen und fliegende Fische. Fast alle Wochen kam der Graf einmal zu ihm; mit andern Leuten pflegte er wenig Gemeinschaft. Man wollte behaupten, er mache Gold; gewiß ist, daß er sich unsichtbar machen konnte, denn er verwahrte unter seinem Kram einen Krackenfischzahn. Einst nämlich, als er auf dem Roten Meer das Bleilot niederließ, die Tiefe zu erforschen, da zockt' es unterm Wasser, daß das Tau fast riß. Es hatte sich ein Krackenfisch im Lot verbissen und zween seiner Zähne darinnen gelassen. Sie sind wie eine Schustersahle spitz und glänzend schwarz. Der eine stak sehr fest, der andere ließ sich leicht ausziehen. Da nun ein solcher Zahn, etwa in Silber oder Gold gefaßt und bei sich getragen, besagte hohe Kraft besitzt und zu den größten Gütern, so man für Geld nicht haben kann, gehört, der Doktor aber dafür hielt, es zieme eine solche Gabe niemand besser als einem weisen und wohldenkenden Gebieter, damit er überall, in seinen eigenen und Feindes Landen, sein Ohr und Auge habe, so gab er einen dieser Zähne seinem Grafen, wie er ja ohnedem wohl schuldig war, mit Anzeigung von dessen Heimlichkeit, davon der Herr nichts wußte. Von diesem Tage an erzeigte sich der Graf dem Doktor gnädiger als allen seinen Edelleuten oder Räten und hielt ihn recht als seinen lieben Freund, ließ ihm auch gern und sonder Neid das Lot zu eigen, darin der andere Zahn war, doch unter dem Gelöbnis, sich dessen ohne Not nicht zu bedienen, auch ihn vor seinem Ableben entweder ihm, dem Grafen, erblich zu verlassen oder auf alle Weise der Welt zu entrücken, wo nicht ihn gänzlich zu vertilgen. Der edle Graf starb aber um zwei Jahre eher als der Veylland und hinterließ das Kleinod seinen Söhnen nicht; man glaubt, aus Gottesfurcht und weiser Vorsicht hab' er es mit in das Grab genommen oder sonst verborgen.

Wie nun der Doktor auch am Sterben lag, so rief er seinen treuen Diener Kurt zu ihm ans Bett und sagte: »Lieber Kurt! es gehet diese Nacht mit mir zum Ende, so will ich dir noch deine guten Dienste danken und etliche Dinge befehlen. Dort bei den Büchern, in dem Fach zuunterst in der Ecke, ist ein Beutel mit hundert Imperialen, den nimm sogleich zu dir; du wirst auf Lebenszeit genug daran haben. Zum zweiten, das alte geschriebene Buch in dem Kästlein daselbst verbrenne jetzt vor meinen Augen, hier in dem Kamin. Zum dritten findest du ein Bleilot dort, das nimm, verbirg's bei deinen Sachen, und wenn du aus dem Hause gehst in deine Heimat, gen Blaubeuren, laß es dein Erstes sein, daß du es in den Blautopf wirfst.« Hiermit war er darauf bedacht, daß es, ohne Gottes besondere Fügung, in ewigen Zeiten nicht in irgendeines Menschen Hände komme. Denn damals hatte sich die Lau noch nie im Blautopf blicken lassen, und hielt man selben überdies für unergründlich.

Nachdem der gute Diener jenes alles teils auf der Stelle ausgerichtet, teils versprochen, nahm er mit Tränen Abschied von dem Doktor, welcher vor Tage noch das Zeitliche segnete.

Als nachher die Gerichtspersonen kamen und allen kleinen Quark aussuchten und versiegelten, da hatte Kurt das Bleilot zwar beiseit gebracht, den Beutel aber nicht versteckt, denn er war keiner von den Schlauesten und mußte ihn da lassen, bekam auch nach der Hand nicht einen Deut davon zu sehen, kaum daß die schnöden Erben ihm den Jahreslohn auszahlten.

Solch Unglück ahnete ihm schon, als er, auch ohnedem betrübt genug, mit seinem Bündelein in seiner Vaterstadt einzog. Jetzt dachte er an nichts, als seines Herrn Befehl vor allen Dingen zu vollziehen. Weil er seit dreiundzwanzig Jahren nimmer hier gewesen, so kannte er die Leute nicht, die ihm begegneten, und da er gleichwohl einem und dem andern »Guten Abend« sagte, gab's ihm niemand zurück. Die Leute schauten sich, wenn er vorüberkam, verwundert an den Häusern um, wer doch da gegrüßt haben möchte, denn keines erblickte den Mann. Dies kam, weil ihm das Lot in seinem Bündel auf der linken Seite hing; ein andermal, wenn er es rechts trug, war er von allen gesehen. Er aber sprach für sich: »Zu meiner Zeit sind die Blaubeuramar so grob ett g'wä!«

Beim Blautopf fand er seinen Vetter, den Seilermeister, mit dem Jungen am Geschäft, indem er längs der Klostermauer, rückwärts gehend, Werg aus seiner Schürze spann, und weiterhin der Knabe trillte die Schnur mit dem Rad. »Gott grüaß di, Vetter Seiler!« rief der Kurt und klopft' ihm auf die Achsel. Der Meister guckt sich um, verblaßt, läßt seine Arbeit aus den Händen fallen und läuft, was seine Beine mögen. Da lachte der andere, sprechend: »Der denkt, mei' Seel, i wandele geistweis! D' Leut hant g'wiß mi für tot hia g'fait, anstatt mein' Herra – ei so schlag!«

Jetzt ging er zu dem Teich, knüpfte sein Bündel auf und zog das Lot heraus. Da fiel ihm ein, er möchte doch auch wissen, ob es wahr sei, daß der Gumpen keinen Grund noch Boden habe (er wär' gern auch ein wenig so ein Spiriguckes wie sein Herr gewesen), und weil er vorhin in des Seilers Korb drei große starke Schnürbund liegen sehn, so holte er dieselben her und band das Lot an einen. Es lagen just auch frischgebohrte Teichel, eine schwere Menge, in dem Wasser bis gegen die Mitte des Topfs, darauf er sicher Posto fassen konnte, und also ließ er das Gewicht hinunter, indem er immer ein Stück Schnur an seinem ausgestreckten Arm abmaß, drei solcher Längen auf ein Klafter rechnete und laut abzählte: »1 Klafter, 2 Klafter, 3, 4, 5, 6, 7, 8, 9, 10«; da ging der erste Schnurbund aus, und mußte er den zweiten an das Ende knüpfen, maß wiederum ab und zählte bis auf 20. Da war der andere Schnurbund gar »Heidaguguk, ist dees a Tiafe!« und band den dritten an das Trumm, fuhr fort zu zählen: »21, 22, 23, 24 – Höll-Element, mei' Arm will nimme! – 25, 26, 27, 28, 29, 30 – Jetzet guat Nacht, 's Meß hot a End! Do heißt's halt, mir nex dir nex, rappede kappede, so isch usganga!« Er schlang die Schnur, bevor er aufzog, um das Holz, darauf er stand, ein wenig zu verschnaufen, und urteilte bei sich: »Der Topf ist währle bodalaus.«

Indem der Spinnerinnen eine diesen Schwank erzählte, tat die Wirtin einen schlauen Blick zur Lau hinüber, welche lächelte; denn freilich wußte sie am besten, wie es gegangen war mit dieser Messerei;

doch sagten beide nichts. Dem Leser aber soll es unverhalten sein.

Die schöne Lau lag jenen Nachmittag auf dem Sand in der Tiefe, und, ihr zu Füßen, eine Kammerjungfer, Aleila, welche ihr die liebste war, beschnitt ihr in guter Ruh die Zehen mit einer goldenen Schere, wie von Zeit zu Zeit geschah.

Da kam hernieder langsam aus der klaren Höh' ein schwarzes Ding, als wie ein Kegel, des sich im Anfang beide sehr verwunderten, bis sie erkannten, was es sei. Wie nun das Lot mit neunzig Schuh den Boden berührte, da ergriff die scherzlustige Zofe die Schnur und zog gemach mit beiden Händen, zog und zog so lang, bis sie nicht mehr nachgab. Alsdann nahm sie geschwind die Schere und schnitt das Lot hinweg, erlangte einen dicken Zwiebel, der war erst gestern in den Topf gefallen und war fast eines Kinderkopfes groß, und band ihn bei dem grünen Schossen an die Schnur, damit der Mann erstaune, ein ander Lot zu finden, als das er ausgeworfen. Derweile aber hatte die schöne Lau den Krackenzahn im Blei mit Freuden und Verwunderung entdeckt. Sie wußte seine Kraft gar wohl, und ob zwar für sich selbst die Wasserweiber oder -männer nicht viel darnach fragen, so gönnen sie den Menschen doch so großen Vorteil nicht, zumalen sie das Meer, und was sich darin findet, von Anbeginn als ihren Pacht und Lehn ansprechen. Deswegen denn die schöne Lau mit dieser ungefähren Beute sich dereinst, wenn sie zu Hause käme, beim alten Nix, ihrem Gemahl, Lobs zu erholen hoffte. Doch wollte sie den Mann, der oben stund, nicht lassen ohn' Entgelt, nahm also alles, was sie eben auf dem Leibe hatte, nämlich die schöne Perlenschnur an ihrem Hals, schlang selbe um den großen Zwiebel, gerade als er sich nunmehr erhob; und daran war es nicht genug, sie hing zuteuerst auch die goldne Schere noch daran und sah mit hellem Aug', wie das Gewicht hinaufgezogen ward. Die Zofe aber, neubegierig, wie sich das Menschenkind dabei gebärde, stieg hinter dem Lot in die Höhe und weidete sich zwo Spannen unterhalb dem Spiegel an des Alten Schreck und Verwirrung. Zuletzt fuhr sie mit ihren beiden aufgehobenen Händen ein maler viere in der Luft herum, die weißen Finger als zu einem Fächer oder Wadel ausgespreizt. Es waren aber schon zuvor auf das Vetter Seilers Geschrei viel Leute aus der Stadt herausgekommen; die standen um den Blautopf her und sahn dem Abenteuer zu, bis wo die grausigen Hände erschienen; da stob mit eins die Menge voneinander und entrann.

Der alte Diener aber war von Stund an irrsch im Kopf, ganzer sieben Tage, und sah der Lau ihre Geschenke gar nicht an, sondern saß da bei seinem Vetter hinterm Ofen, und sprach des Tags wohl hundertmal ein altes Sprüchlein vor sich hin, von welchem kein Gelehrter in ganz Schwabenland Bescheid zu geben weiß, woher und wie oder wann erstmals es unter die Leute gekommen. Denn von ihm selber hatte es der Alte nicht; man gab es lang vor seiner Zeit, gleichwie noch heutigestags, den Kindern scherzweis auf, wer es ganz hurtig nacheinander ohne Tadel am öftesten hersagen könne; und lauten die Worte:

»'s leit a Klötzle Blei glei bei Blaubeura,
Glei bei Blaubeura leit a Klötzle Blei.«

Die Wirtin nannt' es einen rechten Leirenbendel und sagte: »Wer hätte auch den mindesten Verstand dadrin gesucht, geschweige eine Prophezeiung!«

Als endlich der Kurt mit dem siebenten Morgen seine gute Bestimmung wiederfand, und ihm der Vetter die kostbaren Sachen darwies, so sein rechtliches Eigentum wären, da schmunzelte er doch, tat sie in sicheren Verschluß und ging mit des Seilers zu Rat, was damit anzufangen. Sie achteten alle fürs beste, er reise mit Perlen und Schere gen Stuttgart, wo eben Graf Ludwig sein Hoflager hatte, und biete sie demselben an zum Kauf. So tat er denn. Der hohe Herr war auch nicht karg und gleich bereit, so seltene Zier nach Schätzung eines Meisters für seine Frau zu nehmen; nur als er von dem Alten hörte, wie er dazu gekommen, fuhr er auf und drehte sich voll Ärger auf dem Absatz um, daß ihm der Wunderzahn verloren sei. Ihm war vordem etwas von diesem kund geworden, und hatte er dem Doktor, bald nach Herrn Konrads Eintritt, seines Vaters, sehr darum angelegen, doch umsonst.

Dies war nun die Geschichte, davon die Spinnerinnen damals plauderten. Doch ihnen war das Beste daran unbekannt. Eine Gevatterin, so auch mit ihrer Kunkel unter ihnen saß, hätte noch gar gern gehört, ob wohl die schöne Lau das Lot noch habe, und was sie damit tue, und red'te so von weitem darauf hin; da gab Frau Betha ihr nach ihrer Weise einen kleinen Stich und sprach zur Lau: »Ja, gelt, jetzt macht Ihr Euch bisweilen unsichtbar, geht herum in den Häusern und guckt den Weibern in die Töpfe, was sie zu Mittag kochen? Eine schöne Sach um so ein Lot für fürwitzige Leute!«

Inmittelst fing der Dirnen eine an, halblaut das närrische Gesetzlein herzusagen; die andern taten ein gleiches, und jede wollt' es besser können, und keine brachte es zum dritten oder vierten Male glatt aus dem Mund; dadurch gab es viel Lachen. Zum letzten mußte es die schöne Lau probieren, die Jutta ließ ihr keine Ruh. Sie wurde rot bis an die Schläfe, doch hub sie an, und klüglicherweise gar langsam:

»'s leit a Klötzle Blei glei bei Blaubeura.«

Die Wirtin rief ihr zu, so sei es keine Kunst, es müsse gehen wie geschmiert! Da nahm sie ihren Anlauf frisch hinweg, kam auch alsbald vom Pfad ins Stoppelfeld, fuhr buntüberecks und wußte nimmer gicks noch gacks. Jetzt, wie man denken kann, gab es Gelächter einer Stuben voll, das hättet ihr nur hören sollen, und mitten draus hervor der schönen Lau ihr Lachen, so hell wie ihre Zähne, die man alle sah!

Doch unversehens, mitten in dieser Fröhlichkeit und Luft, begab sich ein mächtiges Schrecken.

Der Sohn vom Haus, der Wirt – er kam gerade mit dem Wagen heim von Sonderbuch und fand die Knechte verschlafen im Stall –, sprang hastig die Stiege herauf, rief seine Mutter vor die Tür und sagte, daß es alle hören konnten: »Um Gottes willen, schickt die Lau nach Haus! Hört Ihr denn nicht im Städtlein den Lärm? Der Blautopf leert sich aus, die untere Gasse ist schon unter Wasser, und in dem Berg am Gumpen ist ein Getös und Rollen, als wenn die Sündflut käme!« Indem er noch so sprach, tat innen die Lau einen Schrei: »Das ist der König, mein Gemahl, und ich bin nicht daheim!« Hiermit fiel sie von ihrem Stuhl sinnlos zu Boden, daß die Stube zitterte. Der Sohn war wieder fort, die Spinnerinnen liefen jammernd heim mit ihren Rocken, die andern wußten aber nicht, was anzufangen mit der armen Lau, welche wie tot da lag. Eins machte ihr die Kleider auf, ein anderes strich sie an, das dritte riß die Fenster auf, und schafften doch alle miteinander nichts.

Da streckte unverhofft der lustige Koch den Kopf zur Tür herein, sprechend: »Ich hab' mir's eingebildet, sie wär' bei Euch! Doch, wie ich sehe, geht's nicht allzu lustig her. Macht, daß die Ente in das Wasser kommt, so wird sie schwimmen!« – »Du hast gut reden!« sprach die Mutter mit Beben, »hat man sie auch im Keller und im Brunnen, kann sie sich unten nicht den Hals abstürzen im Geklüft?« – »Was Keller!« rief der Sohn, »was Brunnen! Das geht ja freilich nicht – laßt mich nur machen! Not kennt kein Gebot – ich trag' sie in den Blautopf.« Und damit nahm er, als ein starker Kerl, die Wasserfrau auf seine Arme. »Komm, Jutta, nicht heulen – geh mir voran mit der Latern'.« – »In Gottes Namen«, sagte die Wirtin, »doch nehmt den Weg hintenherum durch die Gärten: Es wimmelt die Straße mit Leuten und Lichtern.« – »Der Fisch hat sein Gewicht!« sprach er im Geh'n, schritt aber festen Tritts die Stiege hinunter, dann über den Hof, und links und rechts, zwischen Hecken und Zäunen hindurch.

Am Gumpen fanden sie das Wasser schon merklich gefallen, gewahrten aber nicht, wie die drei Zofen, mit den Köpfen dicht unter dem Spiegel, ängstlich hin und wieder schwammen, nach ihrer Frau ausschauend. Das Mädchen stellte die Laterne hin, der Koch entledigte sich seiner Last, indem er sie behutsam mit dem Rücken an den Kürbishügel lehnte. Da raunte ihm sein eigener Schalk ins Ohr: »Wenn du sie küßtest, freute dich's dein Leben lang, und könntest du doch sagen, du habest einmal eine Wasserfrau geküßt.« Und eh' er es recht dachte, war's geschehen. Da löschte ein Schuck Wasser aus dem Topf das Licht urplötzlich aus, daß es stichdunkel war umher, und tat es dann nicht anders, als wenn ein ganz Halbdutzend nasser Hände auf ein paar kernige Backen fiel, und wo es sonst hintraf. Die Schwester rief: »Was gibt es denn?« – »Maulschellen heißt man's hier herum!« sprach er, »ich hätte nicht gedacht, daß sie am Schwarzen Meer sottige Ding' auch kenneten!« Dies sagend stahl er sich eilends davon, doch weil es vom Widerhall drüben am Kloster auf Mauern und Dächern und Wänden mit Maulschellen bratzelte, stund er bestürzt, wußte nicht recht wohin, denn er glaubte den Feind vorn und hinten. (Solch einer Witzung brauchte es, damit er sich des Mundes nicht berühme, den er geküßt, unwissend zwar, daß er es müssen tun, der schönen Lau zum Heil.)

Inwährend diesem argen Lärm nun hörte man die Fürstin in ihrem Ohnmachtschlaf so innig lachen, wie sie damals im Traum getan, wo sie den Abt sah springen. Der Koch vernahm es noch von weitem, und ob er's schon auf sich zog, und mit Grund, erkannte er doch gern daraus, daß es nicht weiter Not mehr habe mit der Frau.

Bald kam mit guter Zeitung auch die Jutta heim, die Kleider, den Rock und das Leibchen im Arm, welche die schöne Lau zum letztenmal heut am Leibe gehabt. Von ihren Kammerjungfern, die sie am Topf in Beisein des Mädchens empfingen, erfuhr sie gleich zu ihrem großen Trost, der König sei noch nicht gekommen, doch mög' es nicht mehr lang anstehn, die große Wasserstraße sei schon angefüllt. Dies nämlich war ein breiter hoher Felsenweg, tief unterhalb den menschlichen Wohnstätten, schön grad' und eben mitten durch den Berg gezogen, zwo Meilen lang von da bis an die Donau, wo des alten Nixen Schwester ihren Fürstensitz hatte. Derselben waren viele Flüsse, Bäche, Quellen dieses Gaues dienstbar; die schwellten, wenn das Aufgebot an sie erging, besagte Straße in gar kurzer Zeit so hoch mit ihren Wassern, daß sie mit allem Seegetier, Meerrossen und -wagen füglich befahren werden mochte, welches bei festlicher Gelegenheit zuweilen als ein schönes Schaugepräng mit vielen Fackeln und Musik von Hörnern und Pauken geschah.

Die Zofen eilten jetzo sehr mit ihrer Herrin in das Putzgemach, um sie zu salben, zöpfen und köstlich anzuziehen; das sie auch gern zuließ und selbst mithalf, denn sie in ihrem Innern fühlte, es sei nun jegliches erfüllt, zusamt dem Fünften, so der alte Nix und sie nicht wissen durfte.

Drei Stunden wohl nachdem der Wächter Mitternacht gerufen, es schlief im Nonnenhof schon alles, erscholl die Kellerglocke zweimal mächtig, zum Zeichen, daß es Eile habe, und hurtig waren auch die Frauen und die Töchter auf dem Platz.

Die Lau begrüßte sie wie sonst vom Brunnen aus, nur war ihr Gesicht von der Freude verschönt, und ihre Augen glänzten, wie man es nie an ihr gesehen. Sie sprach: »Wißt, daß mein Ehgemahl um Mitternacht gekommen ist. Die Schwieger hat es ihm voraus verkündigt ohnelängst, daß sich in dieser Nacht mein gutes Glück vollenden soll, darauf er ohne Säumen auszog, mit Geleit der Fürsten, seinem Ohm und meinem Bruder Synd und vielen Herren. Am Morgen reisen wir. Der König ist mir hold und gnädig, als hieß' ich von heute an erst sein Gespons. Sie werden gleich vom Mahl aufstehn, sobald sie den Umtrunk gehalten. Ich schlich auf meine Kammer und hierher, noch meine Gastfreunde zu grüßen und zu herzen. Ich sage Dank, Frau Ahne, liebe Jutta, Euch Söhnerin, und Jüngste dir. Grüßet die Männer und die Mägde. In jedem dritten Jahr wird Euch Botschaft von mir; auch mag es wohl geschehn, daß ich noch bälder komme selber, da bring' ich mit auf diesen meinen Armen ein lebend Merkmal, daß die Lau bei Euch gelacht. Das wollen Euch die Meinen allezeit gedenken wie ich selbst. Für jetzo, wisset, liebe Wirtin, ist mein Sinn: einen Segen zu stiften in dieses Haus für viele seiner Gäste. Oft habe ich vernommen, wie Ihr den armen wandernden Gesellen Guts getan mit freier Zehrung und Herberg. Damit Ihr solchen fortan mögt noch eine weitere Handreichung tun, so werdet Ihr zu diesem Ende finden beim Brunnen hier einen steinernen Krug voll guter Silbergroschen: davon teilt ihnen nach Gutdünken mit, und will ich das Gefäß, bevor der letzte Pfennig ausgegeben, wieder füllen. Zudem will ich noch stiften auf alle hundert Jahr fünf Glückstage (denn dies ist meine holde Zahl), mit unterschiedlichen Geschenken, also, daß wer von reisenden Gesellen der erste über Eure Schwelle tritt am Tag, der mir das erste Lachen brachte, der soll empfangen, aus Eurer oder Eurer Kinder Hand, von fünferlei Stücken das Haupt. Ein jeder, so den Preis gewinnt, gelobe, nicht Ort noch Zeit dieser Bescherung zu verraten. Ihr findet aber solche Gaben jedesmal hier nächst dem Brunnen. Die Stiftung, wisset, mache ich für alle Zeit, solang ein Glied von Eurem Stamme auf der Wirtschaft ist.«

Nach diesen Worten nahm sie nochmals Abschied und küßte ein jedes. Die beiden Frauen und die Mädchen weinten sehr. Sie steckte Jutten einen

Fingerreif mit grünem Schmelzwerk an und sprach dabei: »Ade, Jutta! Wir haben zusammen besondere Holdschaft gehabt, die müsse fernerhin bestehen!« Nun tauchte sie hinunter, winkte und verschwand.

In einer Nische hinter dem Brunnen fand sich richtig der Krug samt den verheißenen Angebinden. Es war in der Mauer ein Loch, mit eisernem Türlein versehen, von dem man nie gewußt, wohin es führe; das stand jetzt aufgeschlagen, und war daraus ersichtlich, daß die Sachen durch dienstbare Hand auf diesem Weg seien hergebracht worden, deshalb auch alles wohl trocken verblieb. Es lag dabei: ein Würfelbecher aus Drachenhaut, mit goldenen Buckeln beschlagen; ein Dolch mit kostbar eingelegtem Griff; ein elfenbeinen Weberschifflein; ein schönes Tuch von fremder Weberei; und mehr dergleichen. Aparte aber lag ein Kochlöffel aus Rosenholz mit langem Stiel, von oben herab fein gemalt und vergoldet, den war die Wirtin angewiesen, dem lustigen Koch zum Andenken zu geben. Auch keins der andern war vergessen.

Frau Betha hielt bis an ihr Lebensende die Ordnung der guten Lau heilig und ihre Nachkommen nicht minder. Daß jene sich nachmals mit ihrem Kind im Nonnenhof zum Besuch eingefunden, davon zwar steht nichts in dem alten Buch, das diese Geschichten berichtet, doch mag ich es wohl glauben.

Undine

Wie der Ritter zu dem Fischer kam

Es mögen nun wohl schon viele hundert Jahre her sein, da gab es einmal einen alten guten Fischer, der saß eines schönen Abends vor der Tür und flickte seine Netze. Er wohnte aber in einer überaus anmutigen Gegend. Der grüne Boden, worauf seine Hütte gebaut war, streckte sich weit in einen großen Landsee hinaus, und es schien ebensowohl, die Erdzunge habe sich aus Liebe zu der bläulich klaren, wunderhellen Flut in diese hineingedrängt, als auch, das Wasser habe mit verliebten Armen nach der schönen Aue gegriffen, nach ihren hochschwankenden Gräsern und Blumen und nach dem erquicklichen Schatten ihrer Bäume. Eins ging bei dem andern zu Gaste, und eben deshalb war jegliches so schön. Von Menschen freilich war an dieser hübschen Stelle wenig oder gar nichts anzutreffen, den Fischer und seine Hausleute ausgenommen. Denn hinter der Erdzunge lag ein sehr wilder Wald, den die meisten Leute wegen seiner Finsternis und

Unwegsamkeit wie auch wegen der wundersamen Kreaturen und Gaukeleien, die man darin antreffen sollte, allzusehr scheuten, um sich ohne Not hineinzubegeben. Der alte, fromme Fischer jedoch durchschritt ihn ohne Anfechtung zu vielen Malen, wenn er die köstlichen Fische, die er auf seiner schönen Landzunge fing, nach einer großen Stadt trug, welche nicht sehr weit hinter dem großen Walde lag. Es ward ihm wohl mehrenteils deswegen so leicht, durch den Forst zu ziehn, weil er fast keine andre als fromme Gedanken hegte und noch außerdem jedesmal, wenn er die verrufenen Schatten betrat, ein geistliches Lied aus heller Kehle und aufrichtigem Herzen anzustimmen gewohnt war.

Da er nun an diesem Abende ganz arglos bei den Netzen saß, kam ihn doch ein unversehener Schrecken an, als er es im Waldesdunkel rauschen hörte, wie Roß und Mann, und sich das Geräusch immer näher nach der Landzunge herauszog. Was er in manchen stürmigen Nächten von den Geheimnissen des Forstes geträumt hatte, zuckte ihm nun auf einmal durch den Sinn, vor allem das Bild eines riesenmäßig langen, schneeweißen Mannes, der unaufhörlich auf eine seltsame Art mit dem Kopfe nickte. Ja, als er die Augen nach dem Walde aufhob, kam es ihm ganz eigentlich vor, als sehe er durch das Laubgegitter den nickenden Mann hervorkommen. Er nahm sich aber bald zusammen, erwägend, wie ihm doch niemals in dem Walde selbsten was Bedenkliches widerfahren sei und also auf der freien Landzunge der böse Geist wohl noch minder Gewalt über ihn ausüben dürfe. Zugleich betete er recht kräftiglich einen biblischen Spruch laut aus dem Herzen heraus, wodurch ihm der kecke Mut auch zurückekam und er fast lachend sah, wie sehr er sich geirrt hatte. Der weiße, nickende Mann ward nämlich urplötzlich zu einem ihm längst wohlbekannten Bächlein, das schäumend aus dem Forste hervorrann und sich in den Landsee ergoß. Wer aber das Geräusch verursacht hatte, war ein schöner, geschmückter Reiter, der zu Roß durch den Baumschatten gegen die Hütte vorgeritten kam. Ein scharlachroter Mantel hing ihm über sein veilchenblaues, goldgesticktes Wams herab; von dem goldfarbigen Barette wallten rote und veilchenblaue Federn, am goldnen Wehrgehenke blitzte ein ausnehmend schönes und reichverziertes Schwert. Der weiße Hengst, der den Ritter trug, war schlankeren Baues, als man es sonst bei Streitrossen zu sehen gewohnt ist, und trat so leicht über den Rasen hin, daß dieser grünbunte Teppich auch nicht die mindeste Verletzung davon zu empfangen schien. Dem alten Fischer war es noch immer nicht ganz geheuer zumute, obwohl er einzusehn meinte, daß von einer so holden Erscheinung nichts Übles zu befahren sei, weshalb er auch seinen Hut ganz sittig vor dem näher kommenden Herrn abzog und gelassen bei seinen Netzen verblieb. Da hielt der Ritter stille und fragte, ob er wohl mit seinem Pferde auf diese Nacht hier Unterkommen und Pflege finden könne. – »Was Euer Pferd betrifft, lieber Herr«, entgegnete der Fischer, »so weiß ich ihm keinen bessern Stall anzuweisen als diese beschattete Wiese und kein besseres Futter als das Gras, welches darauf wächst. Euch selbst aber will ich gerne in meinem kleinen Hause mit Abendbrot und Nachtlager bewirten, so gut es unsereiner hat.« – Der Ritter war damit ganz wohl zufrieden; er stieg von seinem Rosse, welches die beiden gemeinschaftlich losgürteten und loszügelten, und ließ es alsdann auf den blumigen Anger hinlaufen, zu seinem Wirte sprechend: »Hätt ich Euch auch minder gastlich und wohlmeinend gefunden, mein lieber alter Fischer, Ihr wäret mich dennoch wohl für heute nicht wieder losgeworden, denn, wie ich sehe, liegt vor uns ein breiter See, und mit sinkendem Abende in den wunderlichen Wald zurückzureiten, davor bewahre mich der liebe Gott!« – »Wir wollen nicht allzuviel davon reden«, sagte der Fischer und führte seinen Gast in die Hütte.

Drinnen saß bei dem Herde, von welchem aus ein spärliches Feuer die dämmernde, reinliche Stube erhellte, auf einem großen Stuhle des Fischers betagte Frau; beim Eintritte des vornehmen Gastes stand sie freundlich grüßend auf, setzte sich aber an ihren Ehrenplatz wieder hin, ohne diesen dem Fremdling anzubieten, wobei der Fischer lächelnd sagte: »Ihr müßt es ihr nicht verübeln, junger Herr, daß sie Euch den bequemsten Stuhl im Hause nicht abtritt; das ist so Sitte bei armen Leuten, daß der den Alten ganz ausschließlich gehört.« – »Ei, Mann«, sagte die Frau mit ruhigem Lächeln, »wo denkst du auch hin? Unser Gast wird doch zu den Christenmenschen gehören, und wie könnte es alsdann dem lieben jungen Blute einfallen, alte Leute von ihren Sitzen zu verjagen? – Setzt Euch, mein junger Herr«, fuhr sie, gegen den Ritter gewandt, fort; »es steht dorten noch ein recht artiges Sesselein, nur müßt Ihr nicht allzu ungestüm damit hin und her rutschen, denn das eine Bein ist nicht allzu feste mehr.« – Der Ritter holte den Sessel achtsam herbei, ließ sich freundlich darauf nieder, und es war ihm zumute, als sei er mit diesem kleinen Haushalt verwandt und eben jetzt aus der Ferne dahin heimgekehrt.

Die drei guten Leute fingen an, höchst freundlich und vertraulich miteinander zu sprechen. Vom Walde, nach welchem sich der Ritter einige Male erkundigte, wollte der alte Mann freilich nicht viel wissen; am wenigsten, meinte er, passe sich das Reden davon jetzt in der einbrechenden Nacht; aber von ihrer Wirtschaft und sonstigem Treiben erzählten die beide Eheleute desto mehr und hörten auch gerne zu, als ihnen der Rittersmann von seinen Reisen vorsprach, und daß er eine Burg an den Quellen der Donau habe und Herr Huldbrand von Ringstetten geheißen sei. Mitten durch das Gespräch hatte der Fremde schon bisweilen ein Plätschern am niedrigen Fensterlein vernommen, als sprütze jemand Wasser dagegen. Der Alte runzelte bei diesem Geräusche jedesmal unzufrieden die Stirn; als aber endlich ein ganzer Guß gegen die Scheiben flog und durch den schlechtverwahrten Rahmen in die Stube hineinsprudelte, stand er unwillig auf und rief drohend nach dem Fenster hin: »Undine! Wirst du endlich einmal die Kindereien lassen. Und ist noch obenein heute ein fremder Herr bei uns in der Hütte.« – Es ward auch draußen stille, nur ein leises Gekicher ließ sich noch vernehmen, und der Fischer sagte, zurückkommend: »Das müßt Ihr nun schon zugute halten, mein ehrenwerter Gast, und vielleicht noch manche Ungezogenheit mehr, aber sie meint es nicht böse. Es ist nämlich unsere Pflegetochter Undine, die sich das kindische Wesen gar nicht abgewöhnen will, ob sie gleich bereits in ihr achtzehntes Jahr gehen mag. Aber wie gesagt, im Grunde ist sie doch von ganzem Herzen gut.« – »Du kannst wohl sprechen!« entgegnete kopfschüttelnd die Alte. »Wenn du so vom Fischfang heimkommst oder von der Reise, da mag es mit ihren Schäkereien ganz was Artiges sein. Aber sie den ganzen Tag lang auf dem Halse haben und kein kluges Wort hören und statt bei wachsendem Alter Hülfe im Haushalte zu finden, immer nur dafür sorgen müssen, daß uns ihre Torheiten nicht vollends zugrunde richten – da ist es gar ein andres, und die heilige Geduld selbsten würd es am Ende satt.« – »Nun, nun«, lächelte der Hausherr, »du hast es mit Undinen und ich mit dem See. Reißt mir der doch auch oftmals meine Dämme und Netze durch, aber ich hab ihn dennoch gern und du mit allem Kreuz und Elend das zierliche Kindlein auch. Nicht wahr?« – »Ganz böse kann man ihr eben nicht werden«, sagte die Alte und lächelte beifällig.

Da flog die Tür auf, und ein wunderschönes Blondchen schlüpfte lachend herein und sagte: »Ihr habt mich nur gefoppt, Vater; wo ist denn nun Euer Gast?« – Selben Augenblicks aber ward sie auch den Ritter gewahr und blieb staunend vor dem schönen Jünglinge stehn. Huldbrand ergötzte sich an der holden Gestalt und wollte sich die lieblichen Züge recht achtsam einprägen, weil er meinte, nur ihre Überraschung lasse ihm Zeit dazu, und sie werde sich bald nachher in zwiefacher Blödigkeit vor seinen Blicken abwenden. Es kam aber ganz anders. Denn als sie ihn nun recht lange angesehen hatte, trat sie zutraulich näher, kniete vor ihm nieder und sagte, mit einem goldnen Schaupfennige, den er an einer reichen Kette auf der Brust trug, spielend: »Ei, du schöner, du freundlicher Gast, wie bist du denn endlich in unsre arme Hütte gekommen? Mußtest du denn jahrelang in der Welt herumstreifen, bevor du dich auch einmal zu uns fandest? Kommst du aus dem wüsten Walde, du schöner Freund?« – Die scheltende Alte ließ ihm zur Antwort keine Zeit. Sie ermahnte das Mädchen, fein sittig aufzustehen und sich an ihre Arbeit zu begeben. Undine aber zog, ohne zu antworten, eine kleine Fußbank neben Huldbrands Stuhl, setzte sich mit ihrem Gewebe darauf nieder und sagte freundlich: »Hier will ich arbeiten.« Der alte Mann tat, wie Eltern mit verzognen Kindern zu tun pflegen. Er stellte sich, als merkte er von Undines Unart nichts, und wollte von etwas anderm anfangen. Aber das Mädchen ließ ihn nicht dazu. Sie sagte: »Woher unser holder Gast kommt, habe ich ihn gefragt, und er hat mir noch nicht geantwortet.« – »Aus dem Walde komme ich, du schönes Bildchen«, entgegnete Huldbrand, und sie sprach weiter: »So mußt du mir erzählen, wie du da hineinkamst, denn die Menschen scheuen ihn sonst, und was für wunderliche Abenteuer du darinnen erlebt hast, weil es doch ohne dergleichen dorten nicht abgehn soll.« – Huldbrand empfand einen kleinen Schauer bei dieser Erinnerung und blickte unwillkürlich nach dem Fenster, weil es ihm zumute war, als müsse eine von den seltsamlichen Gestalten, die ihm im Forste begegnet waren, von dort hereingrinsen; er sah nichts als die tiefe, schwarze Nacht, die nun bereits draußen vor den Scheiben lag. Da nahm er sich zusammen und wollte eben seine Geschichte anfangen, als ihn der Alte mit den Worten unterbrach: »Nicht also, Herr Ritter; zu dergleichen ist es jetzund keine gute Zeit.« – Undine aber sprang zornmütig von ihrem Bänkchen auf, setzte die schönen Arme in die Seiten und rief, sich dicht vor den Fischer hinstellend: »Er soll nicht erzählen, Vater? Er soll nicht? Ich aber will's; er soll! Er soll doch!« – Und damit trat das zierliche Füßchen heftig gegen den Boden, aber das alles mit solch einem drollig anmutenden Anstande, daß Huldbrand jetzt in ihrem Zorn fast weniger noch die Augen von ihr wegbringen konnte als vorher in ihrer Freundlichkeit. Bei dem Alten hingegen brach der zurückgehaltene Unwillen in volle Flammen aus. Er schalt heftig gegen Undines Ungehorsam und unsittiges Betragen gegen den Fremden, und die gute alte Frau stimmte mit ein. Da sagte Undine: »Wenn ihr zanken wollt und nicht tun, was ich haben will, so schlaft allein in eurer alten räuchrigen Hütte!« – Und wie ein Pfeil war sie aus der Tür und flüchtigen Laufes in die finstere Nacht hinaus.

Auf welche Weise Undine zu dem Fischer gekommen war

Huldbrand und der Fischer sprangen von ihren Sitzen und wollten dem zürnenden Mädchen nach. Ehe sie aber an die Hüttentür gelangten, war Undine schon lange in dem wolkigen Dunkel draußen verschwunden, und auch kein Geräusch ihrer leichten Füße verriet, wohin sie ihren Lauf wohl gerichtet haben könne. Huldbrand sah fragend nach seinem Wirte; fast kam es ihm vor, als sei die ganze liebliche Erscheinung, die so schnell in die Nacht wieder untergetaucht war, nichts andres gewesen als eine Fortsetzung der wunderlichen Gebilde, die früher im Forste ihr loses Spiel mit ihm getrieben hatten, aber der alte Mann murmelte in seinen Bart: »Es ist nicht das erstemal, daß sie es uns also macht. Nun hat man die Angst auf dem Herzen und den Schlaf aus den Augen für die ganze Nacht; denn wer weiß, ob sie nicht dennoch einmal Schaden nimmt, wenn sie so draußen im Dunkel allein ist bis an das Morgenrot.« – »So laßt uns ihr doch nach, Vater, um Gott!« rief Huldbrand ängstlich aus. Der Alte erwiderte: »Wozu das? Es wäre ein sündlich Werk, ließ ich Euch in Nacht und Einsamkeit dem törichten Mädchen so ganz allein folgen, und meine alten Beine holen den Springinsfeld nicht ein, wenn man auch wüßte, wohin sie gerannt ist.« – »Nun müssen wir ihr doch nachrufen mindestens und sie bitten, daß sie wiederkehrt«, sagte Huldbrand und begann auf das beweglichste zu rufen: »Undine! Ach Undine! Komm doch zurück!« – Der Alte wiegte sein Haupt hin und her, sprechend, all das Geschrei helfe am Ende zu nichts; der Ritter wisse noch nicht, wie trotzig die Kleine sei. Dabei aber konnte er es doch nicht unterlassen, öfters mit in die finstre Nacht hinauszurufen: »Undine! Ach liebe Undine! Ich bitte dich, komme doch nur dies eine Mal zurück.«

Es ging indessen, wie es der Fischer gesagt hatte. Keine Undine ließ sich hören oder sehn, und weil der Alte durchaus nicht zugeben wollte, daß Huldbrand der Entflohenen nachspürte, mußten sie endlich beide wieder in die Hütte gehen. Hier fanden sie das Feuer des Herdes beinahe erloschen, und die Hausfrau, die sich Undines Flucht und Gefahr bei weitem nicht so zu Herzen nahm als ihr Mann, war bereits zur Ruhe gegangen. Der Alte hauchte die Kohlen wieder an, legte trocknes Holz darauf und suchte bei der wieder auflodernden Flamme einen Krug mit Wein hervor, den er zwischen sich und seinen Gast stellte. – »Euch ist auch angst wegen des dummen Mädchens, Herr Ritter«, sagte er, »und wir wollen lieber einen Teil der Nacht verplaudern und vertrinken, als uns auf den Schilfmatten vergebens nach dem Schlafe herumwälzen. Nicht wahr?« – Huldbrand war gerne damit zufrieden, der Fischer nötigte ihn auf den ledigen Ehrenplatz der schlafen gegangenen Hausfrau, und beide tranken und sprachen miteinander, wie es zwei wackern und zutraulichen Männern geziemt. Freilich, sooft sich vor den Fenstern das Geringste regte oder auch bisweilen, wenn sich gar nichts regte, sah eines von beiden in die Höhe, sprechend: »Sie kommt.« – Dann wurden sie ein paar Augenblicke stille und fuhren nachher, da nichts erschien, kopfschüttelnd und seufzend in ihren Reden fort.

Weil aber nun beide an fast gar nichts andres zu denken vermochten als an Undinen, so wußten sie auch nichts Bessres, als, der Ritter, zu hören, welchergestalt Undine zu dem alten Fischer gekommen sei, der alte Fischer, ebendiese Geschichte zu erzählen. Deshalben hub er folgendermaßen an:

»Es sind nun wohl funfzehn Jahre vergangen, da zog ich einmal durch den wüsten Wald mit meiner Ware nach der Stadt. Meine Frau war daheim geblieben wie gewöhnlich; und solches zu der Zeit auch noch um einer gar hübschen Ursache willen, denn Gott hatte uns, in unserm damals schon ziemlich hohen Alter, ein wunderschönes Kindlein beschert. Es war ein Mägdlein, und die Rede ging bereits unter uns, ob wir nicht, dem neuen Ankömmlinge zu Frommen, unsre schöne Landzunge verlassen wollten, um die liebe Himmelsgabe künftig an bewohnbaren Orten besser aufzuziehen. Es ist freilich bei armen Leuten nicht so damit, wie Ihr es meinen mögt, Herr Ritter; aber, lieber Gott! jedermann muß doch einmal tun, was er vermag. – Nun, mir ging unterwegs die Geschichte ziemlich im Kopfe herum. Diese Landzunge war mir so im Herzen lieb, und ich fuhr ordentlich zusammen, wenn ich unter dem Lärm und Gezänke in der Stadt bei mir selbsten denken mußte: ›In solcher Wirtschaft nimmst auch du nun mit nächstem deinen Wohnsitz oder doch in einer nicht viel stillern!‹ – Dabei aber hab ich nicht gegen unsern lieben Herrgott gemurrt, vielmehr ihm im stillen für das Neugeborne gedankt; ich müßte auch lügen, wenn ich sagen wollte, mir wäre auf dem Hin- oder Rückwege durch den Wald irgend etwas Bedenklicheres aufgestoßen als sonst, wie ich denn nie etwas Unheimliches dorten gesehn habe. Der Herr war immer mit mir in den verwunderlichen Schatten.«

Da zog er sein Mützchen von dem kahlen Schädel und blieb eine Zeitlang in betenden Gedanken sitzen. Dann bedeckte er sich wieder und sprach fort: »Diesseits des Waldes, ach, diesseits, da zog mir das Elend entgegen. Meine Frau kam gegangen mit strömenden Augen wie zwei Bäche; sie hatte Trauerkleider angelegt. ›O lieber Gott‹, ächzte ich, ›wo ist unser liebes Kind? Sag an.‹ – ›Bei dem, den du rufest, lieber Mann‹, entgegnete sie, und wir gingen nun stillweinend miteinander in die Hütte. Ich suchte nach der kleinen Leiche; da erfuhr ich erst, wie alles gekommen war. Am Seeufer hatte meine Frau mit dem Kinde gesessen, und wie sie so recht sorglos und selig mit ihm spielt, bückt sich die Kleine auf einmal vor, als sähe sie etwas ganz Wunderschönes im Wasser; meine Frau sieht sie noch lachen, den lieben Engel, und mit den Händchen greifen; aber im Augenblick schießt sie durch die rasche Bewegung aus den Armen und in den feuchten Spiegel hinunter. Ich habe viel gesucht nach der kleinen Toten; es war zu nichts; auch keine Spur von ihr war zu finden. –

Nun, wir verwaisen Eltern saßen denn noch selbigen Abends still beisammen in der Hütte, zu reden hatte keiner Lust von uns, wenn man es auch gekonnt hätte vor Tränen. Wir sahen so in das Feuer des Herdes hinein. Da raschelt was draußen an der Tür; sie springt auf, und ein wunderschönes Mägdlein von etwa drei, vier Jahren steht reich geputzt auf der Schwelle und lächelt uns an. Wir blieben ganz stumm vor Erstaunen, und ich wußte erst nicht, war es ein ordentlicher, kleiner Mensch, war es bloß ein gaukelhaftes Bildnis. Da sah ich aber das Wasser von den goldnen Haaren und den reichen Kleidern herabtröpfeln und merkte nun wohl, das schöne Kindlein habe im Wasser gelegen, und Hilfe tue ihm not. – ›Frau‹, sagte ich, ›uns hat niemand unser liebes Kind erretten können; wir wollen doch wenigstens an andern Leuten tun, was uns selig auf Erden machen würde, vermöchte es jemand an uns zu tun.‹ – Wir zogen die Kleine aus, brachten sie zu Bett und reichten ihr wärmende Getränke, wobei sie kein Wort sprach und uns bloß aus den beiden seeblauen Augenhimmeln immerfort lächelnd anstarrte.

Des andern Morgens ließ sich wohl abnehmen, daß sie keinen weitern Schaden genommen hatte, und ich fragte nun nach ihren Eltern und wie sie hierhergekommen sei. Das aber gab eine verworrne, wundersamliche Geschichte. Von weither mußte sie wohl gebürtig sein, denn nicht nur, daß ich diese funfzehn Jahre her nichts von ihrer Herkunft erforschen konnte, so sprach und spricht sie auch bisweilen so absonderliche Dinge, daß unsereins nicht weiß, ob sie am Ende nicht gar vom Monde heruntergekommen sein könnte. Da ist die Rede von goldnen Schlössern, von kristallnen Dächern und Gott weiß wovon noch mehr. Was sie am deutlichsten erzählte, war, sie sei mit ihrer Mutter auf dem großen See spazierengefahren, aus der Barke ins Wasser gefallen und habe ihre Sinne erst hier unter den Bäumen wiedergefunden, wo ihr an dem lustigen Ufer recht behaglich zumute geworden sei.

Nun hatten wir noch eine große Bedenklichkeit und Sorge auf dem Herzen. Daß wir an der lieben Ertrunkenen Stelle die Gefundene behalten und auferziehn wollten, war freilich sehr bald ausgemacht; aber wer konnte nun wissen, ob das Kind getauft sei oder nicht? Sie selber wußte darüber keine Auskunft zu geben. Daß sie eine Kreatur sei, zu Gottes Preis und Freude geschaffen, wisse sie wohl, antwortete sie uns mehrenteils, und was zu Gottes Preis und Freude gereicht, seie sie auch bereit, mit sich vornehmen zu lassen. – Meine Frau und ich dachten so: ›Ist sie nicht getauft, so gibt's da nichts zu zögern; ist sie es aber doch, so kann bei guten Dingen zuwenig eher schaden als zuviel.‹ Und demzufolge sannen wir auf einen guten Namen für das Kind, das wir ohnehin noch nicht ordentlich zu rufen wußten. Wir meinten endlich, Dorothea werde sich am besten für sie schicken, weil ich einmal gehört hatte, das heiße Gottesgabe, und sie uns doch von Gott als eine Gabe zugesandt war, als ein Trost in unserm Elend. Sie hingegen wollte nichts davon hören und meinte, Undine sei sie von ihren Eltern genannt worden, Undine wolle sie auch ferner heißen. Nun kam mir das wie ein heidnischer Name vor, der in keinem Kalender stehe, und ich holte mir deshalben Rat bei einem Priester in der Stadt. Der wollte auch nichts von dem Undinen-Namen hören und kam auf mein vieles Bitten mit mir durch den verwunderlichen Wald zur Vollziehung der Taufhandlung hier herein in meine Hütte. Die Kleine stand so hübsch geschmückt und holdselig vor uns, daß dem Priester alsbald sein ganzes Herz vor ihr aufging, und sie wußte ihm so artig zu schmeicheln und mitunter so drollig zu trotzen, daß er sich endlich auf keinen der Gründe, die er gegen den Namen Undine vorrätig gehabt hatte, mehr besinnen konnte. Sie war denn also Undine getauft und betrug sich während der heiligen Handlung außerordentlich sittig und anmutig, so wild und unstet sie auch übrigens immer war. Denn darin hat meine Frau ganz recht: Was Tüchtiges haben wir mit ihr auszustehen gehabt. Wenn ich Euch erzählen sollte –«

Der Ritter unterbrach den Fischer, um ihn auf ein Geräusch wie von gewaltig rauschenden Wasserfluten aufmerksam zu machen, das er schon früher zwischen den Reden des Alten vernommen hatte und das nun mit wachsendem Ungestüm vor den Hüttenfenstern dahinströmte. Beide sprangen nach der Tür. Da sahen sie draußen im jetzt aufgegangenen Mondlicht den Bach, der aus dem Walde hervorrann, wild über seine Ufer hinausgerissen und Steine und Holzstämme in reißenden Wirbeln mit sich fortschleudern. Der Sturm brach, wie von dem Getöse erweckt, aus den nächtigen Gewölken, diese pfeilschnell über den Mond hinjagend, hervor, der See heulte unter des Windes schlagenden Fittichen, die Bäume der Landzunge ächzten von Wurzel zu Wipfel hinauf und beugten sich wie schwindelnd über die reißenden Gewässer: – »Undine! Um Gottes willen, Undine!« riefen die zwei beängstigten Männer. – Keine Antwort kam ihnen zurück, und achtlos nun jeglicher andern Erwägung, rannten sie, suchend und rufend, einer hier-, der andre dorthin, aus der Hütte fort.

Wie sie Undinen wiederfanden

Dem Huldbrand ward es immer ängstlicher und verworrner zu Sinne, je länger er unter den nächtlichen Schatten suchte, ohne zu finden. Der Gedanke, Undine sei nur eine bloße Walderscheinung gewesen, bekam aufs neue Macht über ihn, ja, er hätte unter dem Geheul der Wellen und Stürme, dem Krachen der Bäume, der gänzlichen Umgestaltung der kaum noch so still anmutigen Gegend die ganze Landzunge samt der Hütte und ihren Bewohnern fast für eine trügerisch neckende Bildung gehalten; aber von fern hörte er doch immer noch des Fischers ängstliches Rufen nach Undinen, der alten Hausfrau lautes Beten und Singen durch das Gebraus. Da kam er endlich dicht an des übergetretnen Baches Rand und sah im Mondlicht, wie dieser seinen ungezähmten Lauf grade vor den unheimlichen Wald hin genommen hatte, so daß er nun die Erdspitze zur Insel machte. – »O lieber Gott«, dachte er bei sich selbst, »wenn es Undine gewagt hätte, ein paar Schritte in den fürchterlichen Forst hinein zu tun; vielleicht eben in ihrem anmutigen Eigensinn, weil ich ihr nichts davon erzählen sollte – und nun wäre der Strom dazwischen gerollt, und sie weinte nun einsam drüben bei den Gespenstern!« – Ein Schrei des Entsetzens entfuhr ihm, und er klomm einige Steine und umgestürzte Fichtenstämme hinab, um in den reißenden Strom zu treten und, watend oder schwimmend, die Verirrte drüben zu suchen. Es fiel ihm zwar alles Grausenvolle und Wunderliche ein, was ihm schon bei Tage unter den jetzt rauschenden und heulenden Zweigen begegnet war. Vorzüglich kam es ihm vor, als stehe ein langer, weißer Mann, den er nur allzugut kannte, grinsend und nickend am jenseitigen Ufer: Aber eben diese ungeheuern Bilder rissen ihn gewaltig nach sich hin, weil er bedachte, daß Undine in Todesängsten unter ihnen sei und allein.

Schon hatte er einen starken Fichtenast ergriffen und stand, auf diesen gestützt, in den wirbelnden Fluten, gegen die er sich kaum aufrecht zu halten vermochte; aber er schritt getrosten Mutes tiefer hinein. Da rief es neben ihm mit anmutiger Stimme: »Trau nicht, trau nicht! Er ist tückisch, der Alte, der Strom!« – Er kannte diese lieblichen Laute, er stand wie betört unter den Schatten, die sich eben dunkel über den Mond gelegt hatten, und ihn schwindelte vor dem Gerolle der Wogen, die er pfeilschnell an seinen Schenkeln hinschießen sah. Dennoch wollte er nicht ablassen. – »Bis du nicht wirklich da, gaukelst du nur neblicht um mich her, so mag auch ich nicht leben und will ein Schatten werden wie du, du liebe, liebe Undine!« Dies rief er laut und schritt wieder tiefer in den Strom. – »Sieh dich doch um, ei, sieh dich doch um, du schöner betörter Jüngling!« so rief es abermals dicht bei ihm, und seitwärts blickend sah er im eben sich wieder enthüllenden Mondlicht unter den Zweigen hochverschlungner Bäume auf einer durch die Überschwemmung gebildeten kleinen Insel Undinen lächelnd und lieblich in die blühenden Gräser hingeschmiegt.

O wieviel freudiger brauchte nun der junge Mann seinen Fichtenast zum Stabe als vorhin! Mit wenigen Schritten war er durch die Flut, die zwischen ihm und dem Mägdlein hinstürmte, und neben ihr stand er auf der kleinen Rasenstelle, heimlich und sicher von den uralten Bäumen überrauscht und beschirmt. Undine hatte sich etwas emporgerichtet und schlang nun in dem grünen Laubgezelte ihre Arme um seinen Nacken, so daß sie ihn auf ihren weichen Sitz neben sich niederzog. – »Hier sollst du mir erzählen, hübscher Freund«, sagte sie leise flüsternd; »hier hören uns die grämlichen Alten nicht. Und soviel als ihre ärmliche Hütte ist doch hier unser Blätterdach wohl noch immer wert.« – »Es ist der Himmel!« sagte Huldbrand und umschlang inbrünstig küssend die schmeichelnde Schöne.

Da war unterdessen der alte Fischer an das Ufer des Stromes gekommen und rief zu den beiden jungen Leuten herüber: »Ei, Herr Ritter, ich habe Euch aufgenommen, wie es ein biederherziger Mann dem andern zu tun pflegt, und nun kost Ihr mit meinem Pflegekinde so heimlich und laßt mich noch obenein in der Angst nach ihr durch die Nacht umherlaufen.« – »Ich habe sie selbst erst eben jetzt gefunden, alter Vater«, rief ihm der Ritter zurück. »Desto besser«, sagte der Fischer, »aber nun bringt sie mir auch ohne Verzögern an das feste Land herüber.« Davon aber wollte Undine wieder gar nichts hören. Sie meinte, eher wolle sie mit dem schönen Fremden in den wilden Forst vollends hinein als wieder in die Hütte zurück, wo man ihr nicht ihren Willen tue und aus welcher der hübsche Ritter doch über kurz oder lang scheiden werde. Mit unsäglicher Anmut sang sie, Huldbranden umschlingend:

»Aus dunst'gem Tal die Welle
Sie rann und sucht ihr Glück;
Sie kam ins Meer zur Stelle,
Und rinnt nicht mehr zurück.«

Der alte Fischer weinte bitterlich in ihr Lied, aber es schien sie nicht sonderlich zu rühren. Sie küßte und streichelte ihren Liebling, der endlich zu ihr sagte: »Undine, wenn dir des alten Mannes Jammer das Herz nicht trifft, so trifft er's mir. Wir wollen zurück zu ihm.« – Verwundert schlug sie die großen blauen Augen gegen ihn auf und sprach endlich langsam und zögernd: »Wenn du es so meinst – gut; mir ist alles recht, was du meinst. Aber versprechen muß mir der alte Mann da drüben, daß er dich ohne Widerrede will erzählen lassen, was du im Walde gesehn hast, und – nun das andre findet sich wohl.« – »Komm nur, komm!« rief der Fischer ihr zu, ohne mehr Worte herausbringen zu können. Zugleich streckte er seine Arme weit über die Flut ihr entgegen und nickte mit dem Kopfe, um ihr die Erfüllung ihrer Fordrung zuzusagen, wobei ihm die weißen Haare seltsam über das Gesicht herüberfielen und Huldbrand an den nickenden weißen Mann im Forste denken mußte. Ohne sich aber durch irgend etwas irremachen zu lassen, faßte der junge Rittersmann das schöne Mädchen in seine Arme und trug sie über den kleinen Raum, welchen der Strom zwischen ihrem Inselchen und dem festen Ufer durchbrauste. Der Alte fiel um Undines Hals und konnte sich gar nicht satt freuen und küssen; auch die alte Frau kam herbei und schmeichelte der Wiedergefundenen auf das herzlichste. Von Vorwürfen war gar nicht die Rede mehr, um so minder, da auch Undine, ihres Trotzes vergessend, die beiden Pflegeeltern mit anmutigen Worten und Liebkosungen fast überschüttete.

Als man endlich nach der Freude des Wiederhabens sich recht besann, blickte schon das Morgenrot leuchtend über den Landsee herein, der Sturm war stille geworden, die Vöglein sangen lustig auf den genäßten Zweigen. Weil nun Undine auf die Erzählung der verheißnen Geschichte des Ritters bestand, fügten sich die beiden Alten lächelnd und willig in ihr Begehr. Man brachte ein Frühstück unter die Bäume, welche hinter der Hütte gegen den See zu standen, und setzte sich, von Herzen vergnügt, dabei nieder, Undine, weil sie es durchaus nicht anders haben wollte, zu den Füßen des Ritters ins Gras. Hierauf begann Huldbrand folgendermaßen zu sprechen.

Von dem, was dem Ritter im Walde begegnet war

»Es mögen nun etwa acht Tage her sein, da ritt ich in die freie Reichsstadt ein, welche dort jenseits des Forstes gelegen ist. Bald darauf gab es darin ein schönes Turnieren und Ringelrennen, und ich schonte meinen Gaul und meine Lanze nicht. Als ich nun einmal an den Schranken stillhalte, um von der lustigen Arbeit zu rasten, und den Helm an einen meiner Knappen zurückreiche, fällt mir ein wunderschönes Frauenbild in die Augen, das im allerherrlichsten Schmuck auf einem der Altane stand und zusah. Ich fragte meinen Nachbar und erfuhr, die reizende Jungfrau heiße Bertalda und sei die Pflegetochter eines der mächtigen Herzoge, die in dieser Gegend wohnen. Ich merkte, daß sie auch mich ansah, und wie es nun bei uns jungen Rittern so kommen pflegt, hatte ich erst brav geritten; so ging es nun noch ganz anders los. Den Abend beim Tanze war ich Bertaldas Gefährte, und das blieb so alle die Tage des Festes hindurch.«

Ein empfindlicher Schmerz an seiner linken, herunterhängenden Hand unterbrach hier Huldbrands Rede und zog seine Blicke nach der schmerzenden Stelle. Undine hatte ihre Perlenzähne scharf in seine Finger gesetzt und sah dabei recht finster und unwillig aus. Plötzlich aber schaute sie ihm freundlich wehmütig in die Augen und flüsterte ganz leise: »Ihr macht es auch darnach.« – Dann verhüllte sie ihr Gesicht, und der Ritter fuhr seltsam verwirrt und nachdenklich in seiner Geschichte fort:

»Es ist eine hochmütige, wunderliche Maid, diese Bertalda. Sie gefiel mir auch am zweiten Tage schon lange nicht mehr wie am ersten, und am dritten noch minder. Aber ich blieb um sie, weil sie freundlicher gegen mich war als gegen andre Ritter, und so kam es auch, daß ich sie im Scherz um einen ihrer Handschuhe bat. – ›Wenn Ihr mir Nachricht bringt und Ihr ganz allein‹, sagte sie, ›wie es im berüchtigten Forste aussieht.‹ – Mir lag eben nicht so viel an ihrem Handschuhe, aber gesprochen war gesprochen, und ein ehrliebender Rittersmann läßt sich zu solchem Probestück nicht zweimal mahnen.«

»Ich denke, sie hatte Euch lieb«, unterbrach ihn Undine.

»Es sah so aus«, entgegnete Huldbrand.

»Nun«, rief das Mädchen lachend, »die muß recht dumm sein. Von sich zu jagen, was einem lieb ist? Und vollends in einen verrufnen Wald hinein. Da hätten der Wald und sein Geheimnis lange für mich warten können.«

»Ich machte mich denn gestern morgen auf den Weg«, fuhr der Ritter, Undinen freundlich anlächelnd, fort. »Die Baumstämme blitzten so rot und schlank im Morgenlichte, das sich hell auf dem grünen Rasen hinstreckte, die Blätter flüsterten so lustig miteinander, daß ich in meinem Herzen über die Leute lachen mußte, die an diesem vergnüglichen Orte irgend etwas Unheimliches erwarten konnten. ›Der Wald soll bald durchtrabt sein, hin und zurück!‹ sagte ich in behaglicher Fröhlichkeit zu mir selbst, und eh' ich noch daran dachte, war ich tief in die grünenden Schatten hinein und nahm nichts mehr von der hinter mir liegenden Ebne wahr. Da fiel es mir erst aufs Herz, daß ich mich auch in dem gewaltigen Forste gar leichtlich verirren könne und daß dieses vielleicht die einzige Gefahr sei, welche den Wandersmann allhier bedrohe. Ich hielt daher stille und sah mich nach dem Stande der Sonne um, die unterdessen etwas höher gerückt war. Indem ich nun so emporblicke, sehe ich ein schwarzes Ding in den Zweigen einer hohen Eiche. Ich denke schon, es ist ein Bär, und fasse nach meiner Klinge; da sagt es mit einer Menschenstimme, aber recht rauh und häßlich, herunter: ›Wenn ich hier oben nicht die Zweige abknusperte, woran solltest du denn heut um Mitternacht gebraten werden, Herr Naseweis?‹

– Und dabei grinst es und raschelt mit den Ästen, daß mein Gaul toll wird und mit mir durchgeht, eh' ich noch Zeit gewinnen konnte, zu sehn, was es denn eigentlich für eine Teufelsbestie war.«

»Den müßt Ihr nicht nennen«, sagte der alte Fischer und kreuzte sich; die Hausfrau tat schweigend desgleichen; Undine sah ihren Liebling mit hellen Augen an, sprechend: »Das beste bei der Geschichte ist, daß sie ihn doch nicht wirklich gebraten haben. Weiter, du hübscher Jüngling.«

Der Ritter fuhr in seiner Erzählung fort: »Ich wäre mit meinem scheuen Pferde fast gegen Baumstämme und Äste angerannt; es triefte vor Angst und Erhitzung und wollte sich doch noch immer nicht halten lassen. Zuletzt ging es grade auf einen steinigen Abgrund los; da kam mir's plötzlich vor, als werfe sich ein langer, weißer Mann dem tollen Hengste quer vor in seinen Weg, der entsetzte sich davor und stand; ich kriegte ihn wieder in meine Gewalt und sah nun erst, daß mein Retter kein weißer Mann war, sondern ein silberheller Bach, der sich neben mir von einem Hügel herunterstürzte, meines Rosses Lauf ungestüm kreuzend und hemmend.«

»Danke, lieber Bach!« rief Undine, in die Hände klopfend. Der alte Mann aber sah kopfschüttelnd in tiefem Sinnen vor sich nieder.

»Ich hatte mich noch kaum im Sattel wieder zurechtgesetzt und die Zügel wieder ordentlich recht gefaßt«, fuhr Huldbrand fort, »so stand auch schon ein wunderliches Männlein zu meiner Seiten, winzig und häßlich über alle Maßen, ganz braungelb und mit einer Nase, die nicht viel kleiner war als der ganze übrige Bursche selbst. Dabei grinste er mit einer recht dummen Höflichkeit aus dem breitgeschlitzten Maule hervor und machte viele tausend Scharrfüße und Bücklinge gegen mich. Weil mir nun das Possenspiel sehr mißbehagte, dankte ich ihm ganz kurz, warf meinen noch immer zitternden Gaul herum und gedachte, mir ein andres Abenteuer oder, dafern ich keines fände, den Heimweg zu suchen, denn die Sonne war während meiner tollen Jagd schon über die Mittagshöhe gen Westen gegangen. Da sprang aber der kleine Kerl mit einer blitzschnellen Wendung herum und stand abermals vor meinem Hengste. – ›Platz da!‹ sagte ich verdrießlich, ›das Tier ist wild und rennet dich leichtlich um.‹ – ›Ei‹, schnarrte das Kerlchen und lachte noch viel entsetzlich dummer, ›schenkt mir doch erst ein Trinkgeld, denn ich hab ja Euer Rösselein aufgefangen; lägt Ihr doch ohne mich samt Euerm Rösselein in der Steinkluft da unten, hu!‹ – ›Schneide nur keine Gesichter weiter‹, sagte ich, ›und nimm dein Geld hin, wenn du auch lügst; denn siehe, der gute Bach dorten hat mich gerettet, nicht aber du, höchst ärmlicher Wicht.‹ – Und zugleich ließ ich ein Goldstück in seine wunderliche Mütze fallen, die er bettelnd vor mir abgezogen hatte. Dann trabte ich weiter; er aber schrie hinter mir drein und war plötzlich mit unbegreiflicher Schnelligkeit neben mir. Ich sprengte mein Roß im Galopp an; er galoppierte mit, so sauer es ihm zu werden schien und so wunderliche, halb lächerliche, halb gräßliche Verrenkungen er dabei mit seinem Leibe vornahm, wobei er immerfort das Goldstück in die Höhe hielt und bei jedem Galoppsprunge schrie: ›Falsch Geld! Falsche Münz! Falsche Münz! Falsch Geld!‹ Und das krächzte er aus so hohler Brust heraus, daß man meinte, er müsse nach jeglichem Schreie tot zu Boden stürzen. Auch hing ihm die häßlich rote Zunge weit aus dem Schlunde. Ich hielt verstört; ich fragte: ›Was willst du mit deinem Geschrei? Nimm noch ein Goldstück, nimm noch zwei, aber dann laß ab von mir.‹ – Da fing er wieder mit seinem häßlich höflichen Grüßen an und schnarrte: ›Gold eben nicht, Gold soll es eben nicht sein, mein Jungherrlein; des Spaßes hab ich selbsten allzuviel; will's Euch mal zeigen.‹

Da ward es mir auf einmal, als könn ich durch den grünen, festen Boden durchsehn, als sei er grünes Glas und die ebne Erde kugelrund und drinnen hielten eine Menge Kobolde ihr Spiel mit Silber und Gold. Kopfauf, kopfunter kugelten sie sich herum und schmissen einander zum Spaß mit den edlen Metallen und pusteten sich den Goldstaub neckend ins Gesicht. Mein häßlicher Gefährte stand halb drinnen, halb draußen; er ließ sich sehr, sehr viel Gold von den andern heraufreichen und zeigte es mir lachend und schmiß es dann immer wieder klingend in die unermeßlichen Klüfte hinab. Dann zeigte er wieder mein Goldstück, was ich ihm geschenkt hatte, den Kobolden drunten, und die wollten sich darüber halbtot lachen und zischten mich aus. Endlich reckten sie alle die spitzigen metallschmutzigen Finger gegen mich aus, und wilder und wilder und dichter und dichter und toller und toller klomm das Gewimmel gegen mich herauf; – da erfaßte mich ein Entsetzen wie vorhin meinen Gaul. Ich gab ihm beide Sporen und weiß nicht, wie weit ich zum zweiten Male toll in den Wald hineingejagt bin.

Als ich nun endlich wieder stillhielt, war es abendkühl um mich her. Durch die Zweige sah ich einen weißen Fußpfad leuchten, von dem ich meinte, er müsse aus dem Forste nach der Stadt zurückführen. Ich wollte mich dahin durcharbeiten, aber ein ganz weißes, undeutliches Antlitz mit immer wechselnden Zügen sah mir zwischen den Blättern entgegen; ich wollte ihm ausweichen, aber wo ich hinkam, war es auch. Ergrimmt gedacht ich endlich mein Roß darauf loszutreiben; da sprudelte es mir und dem Pferde weißen Schaum entgegen, daß wir beide geblendet umwenden mußten. So trieb es uns von Schritt zu Schritt, immer von dem Fußsteige abwärts, und ließ uns überhaupt nur nach einer einzigen Richtung hin den Weg noch frei. Zogen wir aber auf dieser fort, so war es wohl dicht hinter uns, tat uns jedoch nicht das geringste zuleide. Wenn ich mich dann bisweilen nach ihm umsah, merkte ich wohl, daß das weiße, sprudelnde Antlitz auf einem ebenso weißen, höchst riesenmäßigen Körper saß. Manchmal dacht ich auch, als sei es ein wandelnder Springbronn, aber ich konnte niemals recht darüber zur Gewißheit kommen. Ermüdet gaben Roß und Reiter dem treibenden weißen Manne nach, der uns immer mit dem Kopfe zunickte, als wolle er sagen: ›Schon recht! Schon recht!‹ – Und so sind wir endlich an das Ende des Waldes hier herausgekommen, wo ich Rasen und Seeflut und eure kleine Hütte sah und wo der lange, weiße Mann verschwand.«

»Gut, daß er fort ist«, sagte der alte Fischer, und nun begann er davon zu sprechen, wie sein Gast auf die beste Weise wieder zu seinen Leuten nach der Stadt zurückgelangen könne. Darüber fing Undine an, ganz leise in sich selbst hineinzukichern. Huldbrand merkte es und sagte: »Ich dachte, du sähest mich gern hier; was freust du dich denn nun, da von meiner Abreise die Rede ist?«

»Weil du nicht fort kannst«, entgegnete Undine. »Prob es doch mal, durch den übergetretnen Waldstrom zu setzen, mit Kahn, mit Roß oder allein, wie du Lust hast. Oder prob es lieber nicht, denn du würdest zerschellt werden von den blitzschnell getriebnen Stämmen und Steinen. Und was den See angeht, da weiß ich wohl: der Vater darf mit seinem Kahne nicht weit genug darauf hinaus.«

Huldbrand erhob sich lächelnd, um zu sehn, ob es so sei, wie ihm Undine gesagt hatte; der Alte begleitete ihn, und das Mädchen gaukelte scherzend neben den Männern her. Sie fanden es in der Tat, wie Undine gesagt hatte, und der Ritter mußte sich drein ergeben, auf der zur Insel gewordnen Landspitze zu bleiben, bis die Fluten sich verliefen. Als die dreie nach ihrer Wandrung wieder der Hütte zugingen, sagte der Ritter der Kleinen ins Ohr:

»Nun, wie ist es, Undinchen? Bist du böse, daß ich bleibe?« – »Ach«, entgegnete sie mürrisch, »laß nur. Wenn ich Euch nicht gebissen hätte, wer weiß, was noch alles von der Bertalda in Eurer Geschichte vorgekommen wär!«

Wie der Ritter auf der Seespitze lebte

Du bist vielleicht, mein lieber Leser, irgendwo, nach mannigfachem Auf- und Abtreiben in der Welt, an einen Ort gekommen, wo dir es wohl war; die jedwedem eingeborne Liebe zu eignem Herd und stillem Frieden ging wieder auf in dir; du meintest, die Heimat blühe mit allen Blumen der Kindheit und der allerreinsten, innigsten Liebe wieder aus teuren Grabstätten hervor, und hier müsse gut wohnen und Hütten bauen sein. Ob du dich darin geirrt und den Irrtum nachher schmerzlich abgebüßt hast, das soll hier nichts zur Sache tun, und du wirst dich auch selbst wohl mit dem herben Nachgeschmack nicht freiwillig betrüben wollen. Aber rufe jene unaussprechlich süße Ahnung, jenen englischen Gruß des Friedens wieder in dir herauf, und du wirst ungefähr wissen können, wie dem Ritter Huldbrand während seines Lebens auf der Seespitze zu Sinne war.

Er sah oftmals mit innigem Wohlbehagen, wie der Waldstrom mit jedem Tag wilder einherrollte, wie er sich sein Bette breiter und breiter riß und die Abgeschiedenheit auf der Insel so für immer längere Zeit ausdehnte. Einen Teil des Tages über strich er mit einer alten Armbrust, die er in einem Winkel der Hütte gefunden und sich ausgebessert hatte, umher, nach den vorüberfliegenden Vögeln lauernd und, was er von ihnen treffen konnte, als guten Braten in die Küche liefernd. Brachte er nun seine Beute zurück, so unterließ Undine fast niemals, ihn auszuschelten, daß er den lieben, lustigen Tierchen oben im blauen Luftmeer so feindlich ihr fröhliches Leben stehle; ja, sie weinte oftmals bitterlich bei dem Anblicke des toten Geflügels. Kam er aber dann ein andermal wieder heim und hatte nichts geschossen, so schalt sie ihn nicht minder ernstlich darüber aus, daß man nun um seines Ungeschickes und seiner Nachlässigkeit willen mit Fischen und Krebsen vorliebnehmen müsse. Er freute sich allemal herzinniglich auf ihr anmutiges Zürnen, um so mehr, da sie gewöhnlich nachher ihre üble Laune durch die holdesten Liebkosungen wiedergutzumachen suchte. Die Alten hatten sich in die Vertraulichkeit der beiden jungen Leute gefunden; sie kamen ihnen vor wie Verlobte oder gar wie ein Ehepaar, das ihnen zum Beistand im Alter mit auf der abgerissenen Insel wohnte. Eben diese Abgeschiedenheit brachte auch den jungen Huldbrand ganz fest auf den Gedanken, er sei bereits Undines Bräutigam. Ihm war zumute, als gäbe es keine Welt mehr jenseits dieser umgebenden Fluten oder als könne man doch nie wieder da hinüber zur Vereinigung mit andern Menschen gelangen; und wenn ihn auch bisweilen sein weidendes Roß anwieherte, wie nach Rittertaten fragend und mahnend, oder sein Wappenschild ihm von der Stickerei des Sattels und der Pferdedecke ernst entgegenleuchtete oder sein schönes Schwert unversehens vom Nagel, an welchem es in der Hütte hing, herabfiel, im Sturze aus der Scheide gleitend – so beruhigte er sein zweifelndes Gemüt damit: Undine sei gar keine Fischerstochter, sei vielmehr, aller Wahrscheinlichkeit nach, aus einem wundersamen, hochfürstlichen Hause der Fremde gebürtig. Nur das war ihm in der Seele zuwider, wenn die alte Frau Undinen in seiner Gegenwart schalt. Das launische Mädchen lachte zwar meist ohne alles Hehl ganz ausgelassen darüber, aber ihm war es, als taste man seine Ehre an, und doch wußte er der alten Fischerin nicht unrecht zu geben, denn Undine verdiente immer zum wenigsten zehnfach so viele Schelte, als sie bekam; daher er denn auch der Hauswirtin im Herzen gewogen blieb und das ganze Leben seinen stillen, vergnüglichen Gang fürder ging.

Es kam aber doch endlich eine Störung hinein; der Fischer und der Ritter waren nämlich gewohnt gewesen, beim Mittagsmahle und auch des Abends, wenn der Wind draußen heulte, wie er es fast immer gegen die Nacht zu tun pflegte, sich miteinander bei einem Kruge Wein zu ergötzen. Nun war aber der ganze Vorrat zu Ende gegangen, den der Fischer früher von der Stadt nach und nach mitgebracht hatte, und die beiden Männer wurden darüber ganz verdrießlich. Undine lachte sie den Tag über wacker aus, ohne daß beide so lustig wie gewöhnlich in ihre Scherze einstimmten. Gegen Abend war sie aus der

Hütte gegangen: sie sagte, um den zwei langen und langweiligen Gesichtern zu entgehn. Weil es nun in der Dämmerung wieder nach Sturm aussah und das Wasser bereits heulte und rauschte, sprangen der Ritter und der Fischer erschreckt vor die Tür, um das Mädchen heimzuholen, der Angst jener Nacht gedenkend, wo Huldbrand zum erstenmal in der Hütte gewesen war. Undine aber trat ihnen entgegen, freundlich in ihre Händchen klopfend. »Was gebt ihr mir, wenn ich euch Wein verschaffe? Oder vielmehr, ihr braucht mir nichts zu geben«, fuhr sie fort, »denn ich bin schon zufrieden, wenn ihr lustiger ausseht und bessere Einfälle habt als diesen letzten, langweiligen Tag hindurch. Kommt nur mit; der Waldstrom hat ein Faß an das Ufer getrieben, und ich will verdammt sein, eine ganze Woche lang zu schlafen, wenn es nicht ein Weinfaß ist.« – Die Männer folgten ihr nach und fanden wirklich an einer umbüschten Bucht des Ufers ein Faß, welches ihnen Hoffnung gab, als enthalte es den edlen Trank, wonach sie verlangten. Sie wälzten es vor allem aufs schleunigste in die Hütte, denn ein schweres Wetter zog wieder am Abendhimmel herauf, und man konnte in der Dämmerung bemerken, wie die Wogen des Sees ihre weißen Häupter schäumend emporrichteten, als sähen sie sich nach dem Regen um, der nun bald auf sie herunterrauschen sollte. Undine half den beiden nach Kräften und sagte, als das Regenwetter plötzlich allzuschnell heraufheulte, lustig drohend in die schweren Wolken hinein: »Du! Du! Hüte dich, daß du uns nicht naß machst; wir sind noch lange nicht unter Dach.« – Der Alte verwies ihr solches als eine sündhafte Vermessenheit; aber sie kicherte leise vor sich hin, und es widerfuhr auch niemandem etwas Übles darum. Vielmehr gelangten alle drei wider Vermuten mit ihrer Beute trocken an den behaglichen Herd, und erst, als man das Faß geöffnet und erprobt hatte, daß es einen wundersam trefflichen Wein enthalte, riß sich der Regen aus dem dunkeln Gewölke los, und rauschte der Sturm durch die Wipfel der Bäume und über des Sees empörte Wogen hin.

Einige Flaschen waren bald aus dem großen Fasse gefüllt, das für viele Tage Vorrat verhieß, man saß trinkend und scherzend und heimisch gesichert vor dem tobenden Unwetter an der Glut des Herdes beisammen. Da sagte der alte Fischer und ward plötzlich sehr ernst: »Ach großer Gott, wir freuen uns hier der edlen Gabe, und der, welchem sie zuerst angehörte und vom Strome genommen ward, hat wohl gar das liebe Leben drum lassen müssen.« – »Er wird ja nicht grade!« meinte Undine und schenkte dem Ritter lächelnd ein. Der aber sagte: »Bei meiner höchsten Ehre, alter Vater, wüßt ich ihn zu finden und zu retten, mich sollte kein Gang in die Nacht hinaus dauern und keine Gefahr. Soviel aber kann ich Euch versichern, komm ich je wieder zu bewohntern Landen, so will ich ihn oder seine Erben schon ausfindig machen und diesen Wein doppelt und dreifach ersetzen.« – Das freute den alten Mann; er nickte dem Ritter billigend zu und trank nun seinen Becher mit besserm Gewissen und

Behagen leer. Undine aber sagte zu Huldbranden: »Mit der Entschädigung und mit deinem Golde halt es, wie du willst. Das aber mit dem Nachlaufen und Suchen war dumm geredet. Ich weinte mir die Augen aus, wenn du darüber verlorengingst, und, nicht wahr, du möchtest auch lieber bei mir bleiben und bei dem guten Wein?« – »Das freilich«, entgegnete Huldbrand lächelnd. – »Nun«, sagte Undine, »also hast du dumm gesprochen. Denn jeder ist sich doch selbst der Nächste, und was gehen einen die andern Leute an.« – Die Hauswirtin wandte sich seufzend und kopfschüttelnd von ihr ab, der Fischer vergaß seiner sonstigen Vorliebe für das zierliche Mägdlein und schalt. »Als ob dich Heiden und Türken erzogen hätten, klingt ja das«, schloß er seine Rede, »Gott verzeih es mir und dir, du ungeratnes Kind.« – »Ja, aber mir ist doch nun einmal so zumute«, entgegnete Undine, »habe mich erzogen wer da will, und was können da all eure Worte helfen.« – »Schweig!« fuhr der Fischer sie an, und sie, die ungeachtet ihrer Keckheit doch äußerst schreckhaft war, fuhr zusammen, schmiegte sich zitternd an Huldbrand und fragte ihn ganz leise: »Bist du auch böse, schöner Freund?« Der Ritter drückte ihr die zarte Hand und streichelte ihre Locken. Sagen konnte er nichts, weil ihm der Ärger über des Alten Härte gegen Undinen die Lippen schloß, und so saßen beide Paare mit einem Male unwillig und im verlegnen Schweigen einander gegenüber.

Von einer Trauung

Ein leises Klopfen an der Tür klang durch diese Stille und erschreckte alle, die in der Hütte saßen, wie es denn wohl bisweilen zu kommen pflegt, daß auch eine Kleinigkeit, die ganz unvermutet geschieht, einem den Sinn recht furchtbarlich aufregen kann. Aber hier kam noch dazu, daß der verrufne Forst sehr nahe lag und daß die Seespitze für menschliche Besuche jetzt unzugänglich schien. Man sah einander zweifelnd an, das Pochen wiederholte sich, von einem tiefen Ächzen begleitet; der Ritter ging nach seinem Schwerte. Da sagte aber der alte Mann leise: »Wenn es das ist, was ich fürchte, hilft uns keine Waffe.« – Undine näherte sich indessen der Tür und rief ganz unwillig und keck: »Wenn ihr Unfug treiben wollt, ihr Erdgeister, so soll euch Kühleborn was Beßres lehren.« – Das Entsetzen der andern ward durch diese wunderlichen Worte vermehrt, sie sahen das Mädchen scheu an, und Huldbrand wollte sich eben zu einer Frage an sie ermannen, da sagte es von draußen: »Ich bin kein Erdgeist, wohl aber ein Geist, der noch im irdischen Körper hauset. Wollt ihr mir helfen und fürchtet ihr Gott, ihr drinnen in der Hütte, so tut mir auf.« Undine hatte bei diesen Worten die Tür bereits geöffnet und leuchtete mit einer Ampel in die stürmige Nacht hinaus, so daß man draußen einen alten Priester wahrnahm, der von dem unversehnen Anblicke des wunderschönen Mägdleins erschreckt zurücketrat. Er mochte wohl denken, es müssen Spuk und Zauberei mit im Spiele sein, wo ein so herrliches Bild aus einer so niedern Hüttenpforte erscheine; deshalb fing er an zu beten: »Alle guten Geister loben Gott den Herrn!« – »Ich bin kein Gespenst«, sagte Undine lächelnd, »seh ich denn so häßlich aus? Zudem könnt Ihr ja wohl merken, daß mich kein frommer Spruch erschreckt. Ich weiß doch auch von Gott und versteh ihn auch zu loben, jedweder auf seine Weise freilich, und dazu hat er uns erschaffen. Tretet herein, ehrwürdiger Vater, Ihr kommt zu guten Leuten.«

Der Geistliche kam neigend und umblickend herein und sahe gar lieb und ehrwürdig aus. Aber das Wasser troff aus allen Falten seines dunkeln Kleides und aus dem langen weißen Bart und den weißen Locken des Haupthaares. Der Fischer und der Ritter führten ihn in eine Kammer und gaben ihm andre Kleider, während sie den Weibern die Gewande des Priesters zum Trocknen in das Zimmer reichten. Der fremde Greis dankte aufs demütigste und freundlichste, aber des Ritters glänzenden Mantel, den ihm dieser entgegenhielt, wollte er auf keine Weise umnehmen; er wählte statt dessen ein altes graues Oberkleid des Fischers. So kamen sie denn in das Gemach zurück, die Hausfrau räumte dem Priester alsbald ihren großen Sessel und ruhte nicht eher, bis er sich darauf niedergelassen hatte; »denn«, sagte sie, »Ihr seid alt und erschöpft und geistlich obendrein.« – Undine schob den Füßen des Fremden ihr kleines Bänkchen unter, worauf sie sonst neben Huldbranden zu sitzen pflegte, und bewies sich überhaupt in der Pflege des guten Alten höchst sittig und anmutig. Huldbrand flüsterte ihr darüber eine Neckerei ins Ohr, sie aber entgegnete sehr ernst: »Er dient ja dem, der uns alle geschaffen hat; damit ist nicht zu spaßen.« – Der Ritter und der Fischer labten darauf den Priester mit Speise und Wein, und dieser fing, nachdem er sich etwas erholt hatte, zu erzählen an, wie er gestern aus seinem Kloster, das fern über den großen Landsee hinaus liege, nach dem Sitze des Bischofs habe reisen sollen, um demselben die Not kundzutun, in welche durch die jetzigen wunderbaren Überschwemmungen das Kloster und dessen Zinsdörfer geraten seien. Da habe er nach langen Umwegen, um ebendieser Überschwemmungen willen, sich heute gegen Abend dennoch genötigt gesehn, einen übergetretnen Arm des Sees mit Hülfe zweier guter Fährleute zu überschiffen. – »Kaum aber«, fuhr er fort, »hatte unser kleines Fahrzeug die Wellen berührt, so brach auch schon der ungeheure Strom los, der noch jetzt über unsern Häuptern fortwütet. Es war, als hätten die Fluten nur auf uns gewartet, um die allertollsten, strudelndsten Tänze mit uns zu beginnen. Die Ruder waren bald aus meiner Führer Hände gerissen und trieben zerschmettert auf den Wogen weiter und weiter vor uns hinaus. Wir selbst flogen, hülflos und der tauben Naturkraft hingegeben, auf die Höhe des Sees zu euern fernen Ufern herüber, die wir schon zwischen den Nebeln und Wasserschäumen emporstreben sahen. Da drehte sich endlich der Nachen immer wilder und schwindliger; ich weiß nicht, stürzte er um, stürzte ich heraus. Im dunkeln Ängstigen des nahen schrecklichen Todes trieb ich weiter, bis mich eine Welle hier unter die Bäume an eure Insel warf.«

»Ja, Insel!« sagte der Fischer. »Vor kurzem war's noch eine Landspitze. Nun aber, seit Waldstrom und See schier toll geworden sind, sieht es ganz anders mit uns aus.«

»Ich merkte so etwas«, sagte der Priester, »indem ich im Dunkeln das Wasser entlängst schlich und, ringsum nur wildes Gebrause antreffend, endlich schaute, wie sich ein betretner Fußpfad gerade in das Getos hinein verlor. Nun sah ich das Licht in eurer Hütte und wagte mich hierher, wo ich denn meinem himmlischen Vater nicht genug danken kann, daß er mich nach meiner Rettung aus dem Gewässer auch noch zu so frommen Leuten geführt hat als zu euch und das um so mehr, da ich nicht wissen kann, ob ich außer euch vieren noch in diesem Leben andre Menschen wiederzusehen bekomme.«

»Wie meint Ihr das?« fragte der Fischer.

»Wißt Ihr denn, wie lange dieses Treiben der Elemente währen soll?« entgegnete der Geistliche. »Und ich bin alt an Jahren. Gar leichtlich mag mein Lebensstrom eher versiegend unter die Erde gehn als die Überschwemmung des Waldstromes da draußen. Und überhaupt, es wäre ja nicht unmöglich, daß mehr und mehr des schäumenden Wassers sich zwischen euch und den jenseitigen Forst drängte, bis ihr so weit von der übrigen Erde abgerissen würdet, daß euer Fischerkähnlein nicht mehr hinüberreichte und die Bewohner des festen Landes in ihren Zerstreuungen euer Alter gänzlich vergessen.«

Die alte Hausfrau fuhr hierüber zusammen, kreuzte sich und sagte: »Das verhüte Gott!« – Aber der Fischer sah sie lächelnd an und sprach: »Wie doch auch nun der Mensch ist! Es wäre ja dann nicht anders, wenigstens nicht für dich, liebe Frau, als es nun ist. Bist du denn seit vielen Jahren weiter gekommen als an die Grenze des Forstes? Und hast du andre Menschen gesehn als Undinen und mich? – Seit kurzem sind nun noch der Ritter und der Priester zu uns gekommen. Die bleiben bei uns, wenn wir zur vergessenen Insel würden; als hättest du ja den besten Gewinn davon.«

»Ich weiß nicht«, sagte die alte Frau, »es wird einem doch unheimlich zumute, wenn man sich's nun so vorstellt, daß man unwiederbringlich von den andern Leuten geschieden wär, ob man sie übrigens auch weder kennt noch sieht.«

»Du bliebest dann bei uns, du bliebest dann bei uns!« flüsterte Undine ganz leise, halb singend und schmiegte sich inniger an Huldbrands Seite. Dieser aber war in tiefen und seltsamen Gebilden seines Innern verloren. Die Gegend jenseits des Waldwassers zog sich seit des Priesters letzten Worten immer ferner und dunkler von ihm ab, die blühende Insel, auf welcher er lebte, grünte und lachte immer frischer in sein Gemüt herein. Die Braut glühte als die schönste Rose dieses kleinen Erdstriches und auch der ganzen Welt hervor, der Priester war zur

Stelle. Dazu kam noch eben, daß ein zürnender Blick der Hausfrau das schöne Mädchen traf, weil sie sich in Gegenwart des geistlichen Herren so dicht an ihren Liebling lehnte, und es schien, als wolle ein Strom von unerfreulichen Worten folgen. Da brach es aus des Ritters Munde, daß er, gegen den Priester gewandt, sagte: »Ihr seht hier ein Brautpaar vor Euch, ehrwürdiger Herr, und wenn dies Mädchen und die guten alten Fischersleute nichts dawider haben, sollt Ihr uns heute abend noch zusammengeben.«

Die beiden alten Eheleute waren sehr verwundert. Sie hatten zwar bisher oft so etwas gedacht, aber ausgesprochen hatten sie es doch niemals, und wie nun der Ritter dies tat, kam es ihnen als etwas ganz Neues und Unerhörtes vor. Undine war plötzlich ernst geworden und sah tiefsinnig vor sich nieder, während der Priester nach den nähern Umständen fragte und sich bei den Alten nach ihrer Einwilligung erkundigte. Man kam nach mannigfachem Hin- und Herreden miteinander aufs reine; die Hausfrau ging, um den jungen Leuten das Brautgemach zu ordnen und zwei geweihte Kerzen, die sie seit langer Zeit verwahrt hielt, für die Trauungsfeierlichkeit hervorzusuchen. Der Ritter nestelte indes an seiner goldnen Kette und wollte zwei Ringe losdrehen, um sie mit der Braut wechseln zu können. Diese aber fuhr, es bemerkend, aus ihrem tiefen Sinnen auf und sprach: »Nicht also! Ganz bettelarm haben mich meine Eltern nicht in die Welt hineingeschickt; vielmehr haben sie gewißlich schon frühe darauf gerechnet, daß ein solcher Abend aufgehn solle.« – Damit war sie schnell aus der Tür und kam gleich darauf mit zwei kostbaren Ringen zurück, deren einen sie dem Bräutigam gab und den andern für sich behielt. Der alte Fischer war ganz erstaunt darüber und noch mehr die Hausfrau, die eben wieder hereintrat, daß beide diese Kleinodien noch niemals bei dem Kinde gesehn hatten. – »Meine Eltern«, entgegnete Undine, »ließen mir diese Dingerchen in das schöne Kleid nähen, das ich grade anhatte, da ich zu euch kam. Sie verboten mir auch, auf irgendeine Weise jemandem davon zu sagen vor meinem Hochzeitsabend. Da habe ich sie denn also stille herausgetrennt und verborgen gehalten bis heute.« – Der Priester unterbrach das weitere Fragen und Verwundern, indem er die geweihten Kerzen anzündete, sie auf einen Tisch stellte und das Brautpaar sich gegenübertreten hieß. Er gab sie sodann mit kurzen, feierlichen Worten zusammen, die alten Eheleute segneten die jungen, und die Braut lehnte sich leise zitternd und nachdenklich an den Ritter. Da sagte der Priester mit einem Male: »Ihr Leute seid doch seltsam! Was sagt ihr mir denn, ihr wäret die einzigen Menschen hier auf der Insel? Und während der ganzen Trauhandlung sah zu dem Fenster mir gegenüber ein ansehnlicher, langer Mann im weißen Mantel herein. Er muß noch vor der Türe stehen, wenn ihr ihn etwa mit ins Haus nötigen wollt.« – »Gott bewahre!« sagte die Wirtin zusammenfahrend, der alte Fischer schüttelte schweigend den Kopf, und Huldbrand sprang nach dem Fenster.

Es war ihm selbst, als sehe er noch einen weißen Streif, der aber bald im Dunkel gänzlich verschwand. Er redete dem Priester ein, daß er sich durchaus geirrt haben müsse, und man setzte sich vertraulich mitsammen um den Herd.

Was sich weiter am Hochzeitabende begab

Gar sittig und still hatte sich Undine vor und während der Trauung bewiesen, nun aber war es, als schäumten alle die wunderlichen Grillen, welche in ihr hausten, um so dreister und kecklicher auf der Oberfläche hervor. Sie neckte Bräutigam und Pflegeeltern und selbst den noch kaum so hochverehrten Priester mit allerhand kindischen Streichen, und als die Wirtin etwas dagegen sagen wollte, brachten diese ein paar ernste Worte des Ritters, worin er Undinen mit großer Bedeutsamkeit seine Hausfrau nannte, zum Schweigen. Ihm selbst indessen, dem Ritter, gefiel Undinens kindisches Bezeigen ebensowenig; aber da half kein Winken und kein Räuspern und keine tadelnde Rede. Sooft die Braut ihres Lieblings Unzufriedenheit merkte – und das geschah einigemal –, ward sie freilich stiller, setzte sich neben ihn, streichelte ihn, flüsterte ihm lächelnd etwas in das Ohr und glättete so die aufsteigenden Falten seiner Stirn. Aber gleich darauf riß sie irgendein toller Einfall wieder in das gaukelnde Treiben hinein, und es ging nur ärger als zuvor. Da sagte der Priester sehr ernsthaft und sehr freundlich: »Mein anmutiges junges Mägdlein, man kann Euch zwar nicht ohne Ergötzen ansehn, aber denkt darauf, Eure Seele beizeiten so zu stimmen, daß sie immer die Harmonie zu der Seele Eures angetrauten Bräutigams anklingen lasse.« – »Seele!« lachte ihn Undine an; »das klingt recht hübsch und mag auch für die mehrsten Leute eine gar erbauliche und nutzreiche Regel sein. Aber wenn nun eins gar keine Seele hat, bitt Euch, was soll es denn da stimmen? Und so geht es mir.« – Der Priester schwieg tiefverletzt, im frommen Zürnen, und kehrte sein Antlitz wehmütig von dem Mädchen ab. Sie aber ging schmeichelnd auf ihn zu und sagte: »Nein, hört doch erst ordentlich, eh' Ihr böse ausseht, denn Euer Böseaussehn tut mir weh, und Ihr müßt doch keiner Kreatur weh tun, die Euch ihrerseits nichts zuleide getan hat. Zeigt Euch nur duldsam gegen mich, und ich will's Euch ordentlich sagen, wie ich's meine.«

Man sah, sie stellte sich in Bereitschaft, etwas recht Ausführliches zu erzählen, aber plötzlich stockte sie, wie von einem innern Schauer ergriffen, und brach in einen reichen Strom der wehmütigsten Tränen aus. Sie wußten alle nicht mehr, was sie recht aus ihr machen sollten, und starrten sie in unterschiedlichen Besorgnissen schweigend an. Da sagte sie endlich, sich ihre Tränen abtrocknend und den Priester ernsthaft ansehend: »Es muß etwas Liebes, aber auch etwas höchst Furchtbares um eine Seele sein. Um Gott, mein frommer Mann, wär es nicht besser, man würde ihrer nie teilhaftig?« Sie schwieg wieder still, wie auf Antwort wartend, ihre Tränen waren gehemmt. Alle in der Hütte hatten sich von ihren Sitzen erhoben und traten schauernd vor ihr zurück. Sie aber schien nur für den Geistlichen Augen zu haben, auf ihren Zügen malte sich der Ausdruck einer fürchterlichen Neugier, die eben deshalb den andern höchst furchtbar vorkam. – »Schwer muß die Seele lasten«, fuhr sie fort, da ihr noch niemand antwortete, »sehr schwer! Denn schon ihr annahendes Bild überschattet mich mit Angst und Trauer. Und ach, ich war so leicht, so lustig sonst!« – Und in einen erneuten Tränenstrom brach sie aus und schlug das Gewand vor ihrem Antlitze zusammen. Da trat der Priester, ernsten Ansehens, auf sie zu und sprach sie an und beschwur sie bei den heiligsten Namen, sie solle die lichte Hülle abwerfen, falls etwas Böses in ihr sei. Sie aber sank vor ihm in die Knie, alles Fromme wiederholend, was er sprach, mit Gott lobend und beteuernd, sie meine es gut mit der ganzen Welt. Da sagte endlich der Priester zum Ritter: »Herr Bräutigam, ich lasse Euch allein mit der, die ich Euch angetraut habe. Soviel ich ergründen kann, ist nichts Übles an ihr, wohl aber des Wundersamen viel. Ich empfehle Euch Vorsicht, Liebe und Treue.« – Damit ging er hinaus, die Fischersleute folgten ihm, sich bekreuzend.

Undine war auf die Knie gesunken, sie entschleierte ihr Angesicht und sagte, scheu nach Huldbranden umblickend: »Ach, nun willst du mich gewiß nicht behalten; und hab ich doch nichts Böses getan, ich armes, armes Kind!« – Sie sah dabei so unendlich anmutig und rührend aus, daß ihr Bräutigam allen

Grauens und aller Rätselhaftigkeit vergaß, zu ihr hineilend und sie in seinen Armen emporrichtend. Da lächelte sie durch ihre Tränen; es war, als wenn das Morgenrot auf kleinen Bächen spielt. – »Du kannst nicht von mir lassen!« flüsterte sie vertraulich und sicher und streichelte mit den zarten Händchen des Ritters Wangen. Dieser wandte sich darüber von den furchtbaren Gedanken ab, die noch im Hintergrunde seiner Seele lauerten und ihm einreden wollten, er sei an eine Fei oder sonst ein böslich neckendes Wesen der Geisterwelt angetraut; nur noch die einzige Frage ging fast unversehens über seine Lippen: »Liebes Undinchen, sage mir doch das eine, was war es, daß du von Erdgeistern sprachst, da der Priester an die Tür klopfte, und von Kühleborn?« – »Märchen! Kindermärchen!« sagte Undine lachend und ganz wieder in ihrer gewohnten Lustigkeit. »Erst hab ich euch damit bange gemacht, am Ende habt ihr's mich. Das ist das Ende vom Liede und vom ganzen Hochzeitabend.« – »Nein, das ist es nicht«, sagte der von Liebe berauschte Ritter, löschte die Kerzen und trug seine schöne Geliebte unter tausend Küssen, vom Monde, der hell durch die Fenster hereinsah, anmutig beleuchtet, zu der Brautkammer hinein.

Der Tag nach der Hochzeit

Ein frisches Morgenlicht weckte die jungen Eheleute. Undine verbarg sich schamhaft unter ihre Decken, und Huldbrand lag still sinnend vor sich hin. Sooft er in der Nacht eingeschlafen war, hatten ihn wunderlich grausende Träume verstört von Gespenstern, die sich heimlich grinsend in schöne Frauen zu verkleiden strebten, von schönen Frauen, die mit einem Male Drachenangesichter bekamen. Und wenn er von den häßlichen Gebilden in die Höhe fuhr, stand das Mondlicht bleich und kalt draußen vor den Fenstern; entsetzt blickte er nach Undinen, an deren Busen er eingeschlafen war und die in unverwandelter Schönheit und Anmut neben ihm ruhte. Dann drückte er einen leichten Kuß auf die rosigen Lippen und schlief wieder ein, um von neuen Schrecken erweckt zu werden. Nachdem er sich nun alles dieses recht im vollen Wachen überlegt hatte, schalt er sich selbst über jedweden Zweifel aus, der ihn an seiner schönen Frau hatte irremachen können. Er bat ihr auch sein Unrecht mit klaren Worten ab, sie aber reichte ihm nur die schöne Hand, seufzte aus tiefem Herzen und blieb still. Aber ein unendlich inniger Blick aus ihren Augen, wie er ihn noch nie gesehn hatte, ließ ihm keinen Zweifel, daß Undine von keinem Unwillen gegen ihn wisse. Er stand dann heiter auf und ging zu den Hausgenossen in das gemeinsame Zimmer vor. Die dreie saßen mit besorglichen Mienen um den Herd, ohne daß sich einer getraut hätte, seine Worte laut werden zu lassen. Es sah aus, als bete der Priester in seinem Innern um Abwendung alles Übels. Da man nun aber den jungen Ehemann so vergnügt hervorgehn sah, glätteten sich auch die Falten in den übrigen Angesichtern; ja, der alte Fischer fing an, mit dem Ritter zu scherzen, auf eine recht sittige, ehrbare Weise, so daß selbst die alte Hausfrau ganz freundlich dazu lächelte. Darüber war endlich Undine auch fertig geworden und trat nun in die Tür; alle wollten ihr entgegengehn, und alle blieben voll Verwunderung stehen, so fremd kam ihnen die junge Frau vor und doch so wohlbekannt. Der Priester schritt zuerst mit Vaterliebe in den leuchtenden Blicken auf sie zu, und wie er die Hand zum Segnen emporhob, sank das schöne Weib andächtig schauernd vor ihm in die Knie. Sie bat ihn darauf mit einigen freundlich-demütigen Worten wegen des Törichten, das sie gestern gesprochen haben möge, um Verzeihung und ersuchte ihn mit sehr bewegtem Tone, daß er für das Heil ihrer Seele beten wolle. Dann erhob sie sich, küßte ihre Pflegeeltern und sagte, für alles genossene Gute dankend: »O jetzt fühle ich es im innersten Herzen, wie viel, wie unendlich viel ihr für mich getan habt, ihr lieben, lieben Leute!« – Sie konnte erst gar nicht wieder von ihren Liebkosungen abbrechen, aber kaum gewahrte sie, daß die Hausfrau nach dem Frühstücke hinsah, so stand sie auch bereits am Herde, kochte und ordnete an und litt nicht, daß die gute alte Mutter auch nur die geringste Mühwaltung über sich nahm.

Sie blieb den ganzen Tag so; still, freundlich und achtsam, ein Hausmütterlein und ein zart verschämtes, jungfräuliches Wesen zugleich. Die dreie, welche sie schon länger kannten, dachten in jedem Augenblick irgendein wunderliches Wechselspiel ihres launischen Sinnes hervorbrechen zu sehn. Aber sie warteten vergebens darauf. Undine blieb engelmild und sanft. Der Priester konnte seine Augen gar nicht von ihr wegwenden und sagte mehrere Male zum Bräutigam: »Herr, einen Schatz hat Euch gestern die himmlische Güte durch mich Unwürdigen anvertraut; wahrt ihn, wie es sich gebührt, so wird er Euer ewiges und zeitliches Heil befördern.«

Gegen Abend hing sich Undine mit demütiger Zärtlichkeit an des Ritters Arm und zog ihn sanft vor die Tür hinaus, wo die sinkende Sonne anmutig über den frischen Gräsern und um die hohen, schlanken Baumstämme leuchtete. In den Augen der jungen Frau schwamm es wie Tau der Wehmut und der Liebe, auf ihren Lippen schwebte es wie ein zartes, besorgliches Geheimnis, das sich aber nur in kaum vernehmlichen Seufzern kundgab. Sie führte ihren Liebling schweigend immer weiter mit sich fort; was er sagte, beantwortete sie nur mit Blicken, in denen zwar keine unmittelbare Auskunft auf seine Fragen, wohl aber ein ganzer Himmel der Liebe und schüchternen Ergebenheit lag. So gelangte sie an das Ufer des übergetretnen Waldstroms, und der Ritter erstaunte, diesen in leisen Wellen verrinnend dahinrieseln zu sehn, so daß keine Spur seiner vorigen Wildheit und Fülle mehr anzutreffen war. – »Bis morgen wird er ganz versiegt sein«, sagte die schöne Frau weinerlich, »und du kannst dann ohne Widerspruch reisen, wohinaus zu willst.« – »Nicht ohne dich, Undinchen«, entgegnete der lachende

Ritter, »denke doch, wenn ich auch Lust hätte auszureisen, so müßte ja Kirche und Geistlichkeit und Kaiser und Reich dreinschlagen und dir den Flüchtling wiederbringen.« – »Kommt alles auf dich an, kommt alles auf dich an«, flüsterte die Kleine, halb weinend, halb lächelnd. »Ich denke aber doch, du wirst mich wohl behalten; ich bin dir ja gar zu innig gut. Trage mich nun hinüber auf die kleine Insel, die vor uns liegt. Da soll sich's entscheiden. Ich könnte wohl leichtlich selbst durch die Wellchen schlüpfen, aber in deinen Armen ruht sich's so gut, und verstößest du mich, so hab ich doch noch zum letzten Male anmutig darin geruht.« – Huldbrand, voll von einer seltsamen Bangigkeit und Rührung, wußte ihr nichts zu erwidern. Er nahm sie in seine Arme und trug sie hinüber, sich nun erst besinnend, daß es dieselbe kleine Insel war, von wo er sie in jener ersten Nacht dem alten Fischer zurückgetragen hatte. Jenseits ließ er sie in das weiche Gras nieder und wollte sich schmeichelnd neben seine schöne Bürde setzen; sie aber sagte: »Nein, dorthin, mir gegenüber. Ich will in deinen Augen lesen, noch ehe deine Lippen sprechen; höre nun recht achtsam zu, was ich dir erzählen will.« Und sie begann:

»Du sollst wissen, mein süßer Liebling, daß es in den Elementen Wesen gibt, die fast aussehen wie ihr und sich doch nur selten vor euch blicken lassen. In den Flammen glitzern und spielen die wunderlichen Salamander, in der Erden tief hausen die dürren, tückischen Gnomen, durch die Wälder streifen die Waldleute, die der Luft angehören, und in den Seen und Strömen und Bächen lebt der Wassergeister ausgebreitetes Geschlecht. In klingenden Kristallgewölben, durch die der Himmel mit Sonn und Sternen hereinsieht, wohnt sich's schön; hohe Korallenbäume mit blau und roten Früchten leuchten in den Gärten; über reinlichen Meeressand wandelt man über schöne, bunte Muscheln, und was die alte Welt des also Schönen besaß, das die heutige nicht mehr sich dran zu freuen würdig ist, das überzogen die Fluten mit ihren heimlichen Silberschleiern, und unten prangen die edlen Denkmale, hoch und ernst und anmutig betaut vom liebenden Gewässer, das aus ihnen schöne Moosblumen und kränzende Schilfbüschel hervorlockt. Die aber dorten wohnen, sind gar hold und lieblich anzuschauen, meist schöner, als die Menschen sind. Manch einem Fischer ward es schon so gut, ein zartes Wasserweib zu belauschen, wie sie über die Fluten hervorstieg und sang. Der erzählte dann von ihrer Schöne weiter, und solche wundersame Frauen werden von den Menschen Undinen genannt. Du aber siehst jetzt wirklich eine Undine, lieber Freund.«

Der Ritter wollte sich einreden, seiner schönen Frau sei irgendeine ihrer seltsamen Launen wach geworden, und sie finde ihre Lust daran, ihn mit bunt erdachten Geschichten zu necken. Aber so sehr er dies auch vorsagte, konnte er doch keinen Augenblick daran glauben; ein seltsamer Schauer zog durch sein Innres; unfähig, ein Wort hervorzubringen, starrte er unverwandten Auges die holde Erzählerin an. Diese schüttelte betrübt den Kopf, seufzte aus vollem Herzen und fuhr alsdann folgendermaßen fort:

»Wir wären weit besser daran als ihr andern Menschen; denn Menschen nennen wir uns auch, wie wir es denn der Bildung und dem Leibe nach sind – aber es ist ein gar Übles dabei. Wir und unsresgleichen in den andern Elementen, wir zerstieben und vergehn mit Geist und Leib, daß keine Spur von uns rückbleibt, und wenn ihr andern dermaleinst zu einem reinern Leben erwacht, sind wir geblieben, wo Sand und Funk und Wind und Welle blieb. Darum haben wir auch keine Seelen; das Element bewegt uns, gehorcht uns oft, solange wir leben, zerstäubt uns immer, sobald wir sterben, und wir sind lustig, ohne uns irgend zu grämen, wie es die Nachtigallen und Goldfischlein und andre hübsche Kinder der Natur ja gleichfalls sind. Aber alles will höher, als es steht. So wollte mein Vater, der ein mächtiger Wasserfürst im Mittelländischen Meere ist, seine einzige Tochter solle einer Seele teilhaftig werden und müsse sie darüber auch viele Leiden der beseelten Leute bestehn. Eine Seele aber kann unsresgleichen nur durch den innigsten Verein der Liebe mit einem eures Geschlechtes gewinnen. Nun bin ich beseelt, dir dank ich die Seele, o du unaussprechlich Geliebter, und dir werd ich es danken, wenn du mich nicht mein ganzes Leben hindurch elend machst. Denn was soll aus mir werden, wenn du mich scheuest und mich verstößest? Durch Trug aber mocht ich dich nicht behalten. Und willst du mich verstoßen, so tu es nun, so geh allein ans Ufer zurück. Ich tauche mich in diesen Bach, der mein Oheim ist und hier im Walde sein wunderliches Einsiedlerleben, von den übrigen Freunden entfernet, führt. Er ist aber mächtig und vielen großen Strömen wert und teuer, und wie er mich leichtes und lachendes Kind herführte zu den Fischern, wird er mich auch wieder heimführen zu den Eltern, mich beseelte, liebende, leidende Frau.«

Sie wollte noch mehr sagen, aber Huldbrand umfaßte sie voll der innigsten Rührung und Liebe und trug sie wieder ans Ufer zurück. Hier erst schwur er unter Tränen und Küssen, sein holdes Weib niemals zu verlassen, und pries sich glücklicher als den griechischen Bildner Pygmalion, welchem Frau Venus seinen schönen Stein zur Geliebten belebt habe. Im süßen Vertrauen wandelte Undine an seinem Arm nach der Hütte zurück und empfand nun erst von ganzem Herzen, wie wenig sie die verlassenen Kristallpaläste ihres wundersamen Vaters bedauern dürfe.

Wie der Ritter seine junge Frau mit sich führte

Als Huldbrand am anderen Morgen vom Schlaf erwachte, fehlte seine schöne Genossin an seiner Seite, und er fing schon an, wieder den wunderlichen Gedanken nachzuhängen, die ihm seine Ehe und die reizende Undine selbst als ein flüchtiges Blendwerk und Gaukelspiel vorstellen wollten. Aber da trat sie eben zur Tür herein, küßte ihn, setzte sich zu ihm aufs Bett und sagte: »Ich bin etwas früh hinaus gewesen, um zu sehn, ob der Oheim Wort halte. Er hat schon alle Fluten wieder in sein stilles Bett zurückgelenkt und rinnt nun nach wie vor einsiedlerisch und sinnend durch den Wald. Seine Freunde in Wasser und Luft haben sich auch zur Ruhe gegeben; es wird wieder alles ordentlich und ruhig in diesen Gegenden zugehen, und du kannst trocknen Fußes heimreisen, sobald du willst.« – Es war Huldbranden zumute, als träume er wachend fort, sowenig konnte er sich in die seltsame Verwandtschaft seiner Frau finden. Dennoch ließ er sich nichts merken, und die unendliche Anmut des holden Weibes wiegte auch bald jedwede unheimliche Ahnung zur Ruhe. – Als er nach einer Weile mit ihr vor der Tür stand und die grünende Seespitze mit ihren klaren Wassergrenzen überschaute, ward es ihm so wohl in dieser Wiege seiner Liebe, daß er sagte: »Was sollen wir denn auch heute schon reisen? Wir finden wohl keine vergnügtern Tage in der Welt haußen, als wir sie an diesem heimlichen Schutzörtlein verlebten. Laß uns immer noch zwei- oder dreimal die Sonne hier untergehn sehn.« – »Wie mein Herr es gebeut«, entgegnete Undine in freundlicher Demut. »Es ist nur, daß sich die alten Leute ohnehin schon mit Schmerzen von mir trennen werden, und wenn sie nun erst die treue Seele in mir spüren und wie ich jetzt innig lieben und ehren kann, bricht ihnen wohl gar vor vielen Tränen das schwache Augenlicht. Noch halten sie meine Stille und Frömmigkeit für nichts Besseres, als es sonst in mir bedeutete, für die Ruhe des Sees, wenn eben die Luft still ist, und sie werden sich nun ebensogut einem Bäumchen oder Blümlein befreunden lernen als mir. Laß mich ihnen dies neugeschenkte, von Liebe wallende Herz nicht kundgeben in Augenblicken, wo sie es für diese Erde verlieren sollen, und wie könnt ich es bergen, blieben wir länger zusammen?« –

Huldbrand gab ihr recht; er ging zu den Alten und besprach die Reise mit ihnen, die noch in dieser Stunde vor sich gehen sollte. Der Priester bot sich den beiden jungen Eheleuten zum Begleiter an, er und der Ritter hoben nach kurzem Abschied die schöne Frau aufs Pferd und schritten mit ihr über das ausgetrocknete Bette des Waldstroms eilig dem Forste zu. Undine weinte still, aber bitterlich, die alten Leute klagten ihr laut nach. Es schien, als seie diesen eine Ahnung aufgegangen von dem, was sie eben jetzt an der holden Pflegetochter verloren.

Die drei Reisenden waren schweigend in die dichtesten Schatten des Waldes gelangt. Es mochte hübsch anzusehen sein in dem grünen Blättersaal, wie die schöne Frauengestalt auf dem edlen, zierlich geschmückten Pferde saß und von einer Seite der ehrwürdige Priester in seiner weißen Ordenstracht, von der anderen der blühende Ritter in bunten, hellen Kleidern, mit seinem prächtigen Schwerte umgürtet, achtsam beiher schritten. Huldbrand hatte nur Augen für sein holdes Weib; Undine, die ihre lieben Tränen getrocknet hatte, nur Augen für ihn, und sie gerieten bald in ein stilles, lautloses Gespräch mit

Blicken und Winken, aus dem sie erst spät durch ein leises Reden erweckt wurden, welches der Priester mit einem vierten Reisegesellschafter hielt, der indes unbemerkt zu ihnen gekommen war.

Er trug ein weißes Kleid, fast wie des Priesters Ordenshabit, nur daß ihm die Kappe ganz tief ins Gesicht hereinhing und das Ganze in so weiten Falten um ihn herflog, daß er alle Augenblicke mit Aufraffen und Über-den-Arm-Schlagen oder sonst dergleichen Anordnungen zu tun hatte, ohne daß er doch dadurch im geringsten im Gehen behindert schien. Als die jungen Eheleute seiner gewahr wurden, sagte er eben: »Und so wohn ich denn schon seit vielen Jahren hier im Walde, mein ehrwürdiger Herr, ohne daß man mich Eurem Sinne nach einen Eremiten nennen könnte. Denn, wie gesagt, von Buße weiß ich nichts und glaube sie auch nicht sonderlich zu bedürfen. Ich habe nur deswegen den Wald so lieb, weil es sich auf eine ganz eigne Weise hübsch ausnimmt und mir Spaß macht, wenn ich in meinen flatternden weißen Kleidern durch die finstern Schatten und Blätter hingehe und dann bisweilen ein süßer Sonnenstrahl unvermutet auf mich herunterblitzt.« – »Ihr seid ein höchst seltsamer Mann«, entgegnete der Priester, »und ich möchte wohl nähere Kunde von Euch haben.« – »Und wer seid Ihr denn, von einem aufs andre zu kommen?« fragte der Fremde. – »Sie nennen mich den Pater Heilmann«, sprach der Geistliche, »und ich komme aus Kloster Mariagruß von jenseits des Sees.« – »So, so«, antwortete der Fremde. »Ich heiße Kühleborn, und wenn es auf Höflichkeit ankommt, könnte man mich auch wohl ebensogut Herr von Kühleborn betiteln oder Freiherr von Kühleborn; denn frei bin ich wie der Vogel im Walde und wohl noch ein bißchen drüber. Zum Exempel, jetzt hab ich der jungen Frau dorten etwas zu erzählen.« – Und ehe man sich's versah, war er auf der andern Seite des Priesters, dicht neben Undinen, und reckte sich hoch in die Höhe, um ihr etwas ins Ohr zu flüstern. Sie aber wandte sich erschrocken ab, sagend: »Ich habe nichts mit Euch mehr zu schaffen.« – »Hoho«, lachte der Fremde, »was für eine ungeheuer vornehme Heirat habt Ihr denn getan, daß Ihr Eure Verwandten nicht mehr kennt? Wißt Ihr denn nicht vom Oheim Kühleborn, der Euch auf seinem Rücken so treu in diese Gegend trug?« – »Ich bitte Euch aber«, entgegnete Undine, »daß Ihr Euch nicht wieder vor mir sehn laßt. Jetzt fürcht ich Euch; und soll mein Mann mich scheuen lernen, wenn er mich in so seltsamer Gesellschaft und Verwandtschaft sieht?« – »Nichtchen«, sagte Kühleborn, »Ihr müßt nicht vergessen, daß ich hier zum Geleiter bei Euch bin; die spukenden Erdgeister möchten sonst dummen Spaß mit Euch treiben. Laßt mich also doch immer ruhig mitgehn; der alter Priester dort wußte sich übrigens meiner besser zu erinnern, als Ihr es zu tun scheint, denn er versicherte vorhin, ich käme ihm sehr bekannt vor, und ich müsse wohl mit im Nachen gewesen sein, aus dem er ins Wasser fiel. Das war ich auch freilich, denn ich war just die Wasserhose, die ihn herausriß, und schwemmte ihn hernach zu deiner Trauung vollends ans Land.«

Undine und der Ritter sahen nach Pater Heilmann; der aber schien in einem wandelnden Traume fortzugehn und von allem, was gesprochen ward, nichts mehr zu vernehmen. Da sagte Undine zu Kühleborn: »Ich sehe dort schon das Ende des Waldes. Wir brauchen Eurer Hülfe nicht mehr, und nichts macht uns Grauen als Ihr. Drum bitt Euch in Lieb und Güte, verschwindet und laßt uns in Frieden ziehn.« – Darüber schien Kühleborn unwillig zu werden; er zog ein häßliches Gesicht und grinste Undinen an, die laut aufschrie und ihren Freund zu Hülfe rief. Wie ein Blitz war der Ritter um das Pferd herum und schwang die scharfe Klinge gegen Kühleborns Haupt. Aber er hieb in einen Wasserfall, der von einer hohen Klippe neben ihnen herabschäumte und sie plötzlich mit einem Geplätscher, das beinahe wie Lachen klang, übergoß und bis auf die Haut durchnetzte. Der Priester sagte, wie plötzlich erwachend: »Das hab ich lange gedacht, weil der Bach so dicht auf der Anhöhe neben uns herlief. Anfangs wollt es mir gar vorkommen, als wär er ein Mensch und könne sprechen.« – In Huldbrands Ohr rauschte der Wasserfall ganz vernehmlich diese Worte: »Rascher Ritter, rüst'ger Ritter, ich zürne nicht, ich zanke nicht; schirm nur dein reizend Weiblein stets so gut, du Ritter rüstig, du rasches Blut!«

Nach wenigen Schritten waren sie im Freien. Die Reichsstadt lag glänzend vor ihnen, und die Abendsonne, welche deren Türme vergoldete, trocknete freundlich die Kleider der durchnäßten Wandrer.

Wie sie in der Stadt lebten

Daß der junge Ritter Huldbrand von Ringstetten so plötzlich vermißt worden war, hatte großes Aufsehen in der Reichsstadt erregt und Bekümmernis bei den Leuten, die ihn allesamt wegen seiner Gewandtheit bei Turnier und Tanz wie auch wegen seiner milden, freundlichen Sitten liebgewonnen hatten. Seine Diener wollten nicht ohne ihren Herrn von dem Orte wieder weg, ohne daß doch *einer* den Mut gefaßt hätte, ihm in die Schatten des gefürchteten Forstes nachzureiten. Sie blieben also in ihrer Herberge, untätig hoffend, wie es die Menschen zu tun pflegen und durch ihre Klagen das Andenken des Verlornen lebendig erhalten. Wie nun bald darauf die großen Unwetter und Überschwemmungen merkbarer wurden, zweifelte man um so minder an dem gewissen Untergange des schönen Fremden, den auch Bertalda ganz unverhohlen betrauerte und sich selbst verwünschte, daß sie ihn zu dem unseligen Ritte nach dem Walde gelockt habe. Ihre herzoglichen Pflegeeltern waren gekommen, sie abzuholen, aber Bertalda bewog sie, mit ihr zu bleiben, bis man gewisse Nachricht von Huldbrands Leben oder Tod einziehe. Sie suchte verschiedne junge Ritter, die emsig um sie warben, zu bewegen, daß sie dem edlen Abenteurer in den Forst nachziehn möchten. Aber ihre Hand mochte sie nicht zum Preise des Wagestücks ausstellen, weil sie vielleicht noch immer hoffte, dem Wiederkehrenden angehören zu können, und um Handschuh oder Band oder auch selbst um einen Kuß wollte niemand sein Leben dran setzen, einen so gar gefährlichen Nebenbuhler zurückzuholen.

Nun, da Huldbrand unerwartet und plötzlich erschien, freuten sich Diener und Stadtbewohner und überhaupt fast alle Leute, nur Bertalda eben nicht, denn wenn es den andern auch ganz lieb war, daß er eine so wunderschöne Frau mitbrachte und den Pater Heilmann als Zeugen der Trauung, so konnte doch Bertalda nicht anders, als sich deshalb betrüben. Erstlich hatte sie den jungen Rittersmann wirklich von ganzer Seele liebgewonnen, und dann war durch ihre Trauer über sein Wegbleiben den Augen der Menschen weit mehr davon kund geworden, als sich nun eben schicken wollte. Sie tat deswegen aber doch immer als ein kluges Weib, fand sich in die Umstände und lebte aufs allerfreundlichste mit Undinen, die man in der ganzen Stadt für eine Prinzessin hielt, welche Huldbrand im Walde von irgendeinem bösen Zauber erlöst habe. Wenn man sie selbst oder ihren Eheherrn darüber befragte, wußten sie zu schweigen oder geschickt auszuweichen, des Pater Heilmanns Lippen waren für jedes eitle Geschwätz versiegelt, und ohnehin war er gleich nach Huldbrands Ankunft wieder in sein Kloster zurückgegangen, so daß sich die Leute mit ihren seltsamen Mutmaßungen behelfen mußten und auch selbst Bertalda nicht mehr als jeder andre von der Wahrheit erfuhr.

Undine gewann übrigens dies anmutige Mädchen mit jedem Tag lieber. – »Wir müssen uns einander schon eher gekannt haben«, pflegte sie ihr öfters zu sagen, »oder es muß sonst irgendeine wundersame Beziehung unter uns geben, denn so ganz ohne Ursach, versteht mich, ohne tiefe, geheime Ursach gewinnt man ein andres nicht so lieb, als ich Euch gleich vom ersten Anblicke her gewann.« – Und auch Bertalda konnte sich nicht ableugnen, daß sie einen Zug der Vertraulichkeit und Liebe zu Undinen empfinde, wie sehr sie übrigens meinte, Ursach zu den bittersten Klagen über diese glückliche Nebenbuhlerin zu haben. In dieser gegenseitigen Neigung wußte die eine bei ihren Pflegeeltern, die andre bei ihrem Ehegatten den Tag der Abreise weiter und weiter hinauszuschieben; ja, es war schon die Rede davon gewesen, Bertalda solle Undinen auf einige Zeit nach Burg Ringstetten an die Quellen der Donau begleiten.

Sie sprachen auch einmal eines schönen Abends davon, als sie eben bei Sternenschein auf dem mit hohen Bäumen eingefaßten Markte der Reichsstadt umherwandelten. Die beiden jungen Eheleute hatten Bertalden noch spät zu einem Spaziergange abgeholt, und alle drei zogen vertraulich unter dem tiefblauen Himmel auf und ab, oftmals in ihren Gesprächen durch die Bewunderung unterbrochen, die sie dem kostbaren Springborn in der Mitte des Platzes und seinem wundersamen Rauschen und Sprudeln zollen mußten. Es war ihnen so lieb und heimlich zu Sinn; zwischen die Baumschatten durch stahlen sich die Lichtschimmer der nahen Häuser, ein stilles Gesumse von spielenden Kindern und andern luftwandelnden Menschen wogte um sie her; man war so allein und doch so freundlich in der heitern, lebendigen Welt mitten inne; was bei Tage Schwierigkeit geschienen hatte, das ebnete sich nun wie von selber, und die drei Freunde konnten gar nicht mehr begreifen, warum wegen Bertaldas Mitreise auch nur die geringste Bedenklichkeit habe obwalten mögen. Da kam, als sie eben den Tag ihrer gemeinschaftlichen Abfahrt bestimmen wollten, ein langer Mann von der Mitte des Marktplatzes her auf sie zugegangen, neigte sich ehrerbietig vor der Gesellschaft und sagte der jungen Frau etwas ins Ohr. Sie trat, unzufrieden über die Störung und über den Störer, einige Schritte mit dem Fremden zur Seite, und beide begannen, miteinander zu flüstern, es schien, in einer fremden Sprache. Huldbrand glaubte, den seltsamen Mann zu kennen, und sah so starr auf ihn hin, daß er Bertaldens staunende Frage weder hörte noch beantwortete. Mit einem Male klopfte Undine freudig in die Hände und ließ den Fremden lachend stehn, der sich mit vielem Kopfschütteln und hastigen, unzufriedenen Schritten entfernte und in den Brunnen hineinstieg. Nun glaubte Huldbrand, seiner Sache ganz gewiß zu sein, Bertalda aber fragte: »Was wollte dir denn der Brunnenmeister, liebe Undine?« – Die junge Frau lachte heimlich in sich hinein und erwiderte: »Übermorgen, auf deinen Namenstag, sollst du's erfahren, du liebliches Kind.« – Und weiter war nichts aus ihr herauszubringen. Sie lud nun Bertalden und durch sie ihre

Pflegeeltern an dem bestimmten Tage zur Mittagstafel, und man ging bald darauf auseinander.

»Kühleborn?« fragte Huldbrand mit einem geheimen Schauder seine schöne Gattin, als sie von Bertalda Abschied genommen hatten und nun allein durch die dunkler werdenden Gassen zu Haus gingen. – »Ja, er war es«, antwortete Undine, »und er wollte mir auch allerhand dummes Zeug vorsprechen! Aber mitten darin hat er mich, ganz gegen seine Absicht, mit einer höchst willkommenen Botschaft erfreut. Willst du diese nun gleich wissen, mein holder Herr und Gemahl, so brauchst du nur zu gebieten, und ich spreche mir alles vom Herzen los. Wolltest du aber deiner Undine eine recht, recht große Freude gönnen, so ließest du es bis übermorgen und hättest dann auch an der Überraschung dein Teil.«

Der Ritter gewährte seiner Gattin gern, warum sie so anmutig bat, und noch im Entschlummern lispelte sie lächelnd vor sich hin: »Was sie sich freuen wird und sich wundern über ihres Brunnenmeisters Botschaft, die liebe, liebe Bertalda!«

Bertaldas Namensfeier

Die Gesellschaft saß bei Tafel, Bertalda mit Kleinodien und Blumen, den mannigfachen Geschenken ihrer Pflegeeltern und Freunde geschmückt, wie eine Frühlingsgöttin, obenan, zu ihrer Seite Undine und Huldbrand. Als das reiche Mahl zu Ende ging und man den Nachtisch auftrug, blieben die Türen offen; nach alter, guter Sitte in deutschen Landen, damit auch das Volk zusehn könne und sich an der Lustigkeit der Herrschaften mitfreuen. Bediente trugen Wein und Kuchen unter den Zuschauern herum. Huldbrand und Bertalda warteten mit heimlicher Ungeduld auf die versprochne Erklärung und verwandten, so sehr es sich tun ließ, kein Auge von Undinen. Aber die schöne Frau blieb noch immer still und lächelte nur heimlich und innig froh vor sich hin. Wer um ihre getane Verheißung wußte, konnte sehn, daß sie ihr erquickendes Geheimnis alle Augenblicke verraten wollte und es doch noch immer in lüsterner Entsagung zurücklegte, wie es Kinder bisweilen mit ihren liebsten Leckerbissen tun. Bertalda und Huldbrand teilten dies wonnige Gefühl, in hoffender Bangigkeit das neue Glück erwartend, welches von ihrer Freundin Lippen auf sie herniedertauen sollte. Da baten verschiedne von der Gesellschaft Undinen um ein Lied. Es schien ihr gelegen zu kommen, sie ließ sich sogleich ihre Laute bringen und sang folgende Worte:

»Morgen so hell,
Blumen so bunt,
Gräser do duftig und hoch
An wallenden Sees Gestade!
Was zwischen den Gräsern
Schimmert so licht?
Ist's eine Blüte weiß und groß,
Vom Himmel gefallen in Wiesenschoß?

Ach, ist ein zartes Kind! –
Unbewußt mit Blumen tändelt's,
Faßt nach goldnen Morgenlichtern; –
O woher? Woher, du Holdes? –
Fern vom unbekannten Strande
Trug es hier der See heran; –
Nein, fasse nicht, du zartes Leben,
Mit deiner kleinen Hand herum;
Nicht Hand wird dir zurückgegeben,
Die Blumen sind so fremd und stumm.
Die wissen wohl sich schön zu schmücken,
Zu duften auch nach Herzenslust,
Doch keine mag dich an sich drücken,
Fern ist die traute Mutterbrust.
So früh noch an des Lebens Toren,
Noch Himmelslächeln im Gesicht,
Hast du das Beste schon verloren,
O armes Kind, und weißt es nicht.
Ein edler Herzog kommt geritten
Und hemmt vor dir des Rosses Lauf,
Zu hoher Kunst und reinen Sitten
Zieht er in seiner Burg dich auf.
Du hast unendlich viel gewonnen,
Du blühst, die Schönst im ganzen Land,
Doch ach! die allerbesten Wonnen
Ließ'st du am unbekannten Strand.«

Undine senkte mit einem wehmütigen Lächeln ihre Laute; die Augen der herzoglichen Pflegeeltern Bertaldens standen voller Tränen. – »So war es am Morgen, wo ich dich fand, du arme, holde Waise«, sagte der Herzog tief bewegt; »die schöne Sängerin hat wohl recht; das Beste haben wir dir dennoch nicht zu geben vermocht.« –

»Wir müssen aber auch hören, wie es den armen Eltern ergangen ist«, sagte Undine, schlug die Saiten und sang:

»Mutter geht durch ihre Kammern,
Räumt die Schränke ein und aus,
Sucht, und weiß nicht, was, mit Jammern
Findet nichts, als leeres Haus.

Leeres Haus! O Wort der Klage
Dem, der einst ein holdes Kind
Drin gegängelt hat am Tage,
Drin gewiegt in Nächten lind.

Wieder grünen wohl die Buchen,
Wieder kommt der Sonne Licht,
Aber, Mutter, laß dein Suchen,
Wieder kommt dein Liebes nicht.

Und wenn Abendlüfte fächeln,
Vater heim zum Herde kehrt,
Regt sich's fast in ihm wie Lächeln,
Dran doch gleich die Träne zehrt.

Vater weiß in seinen Zimmern
Findet er die Todesruh,
Hört nur bleicher Mutter Wimmern,
Und kein Kindlein lacht ihm zu.«

»Oh, um Gott, Undine, wo sind meine Eltern?« rief die weinende Bertalda. »Du weißt es gewiß, du hast es erfahren, du wundersame Frau, denn sonst hättest du mir das Herz nicht so zerrissen. Sind sie vielleicht schon hier? Wär es?« – Ihr Auge durchflog die glänzende Gesellschaft und weilte auf einer regierenden Herrin, die ihrem Pflegevater zunächst saß. Da beugte sich Undine nach der Tür zurück, ihre Augen flossen in der süßesten Rührung über. »Wo sind denn die armen, harrenden Eltern?« fragte sie, und der alte Fischer mit seiner Frau wankten aus dem Haufen der Zuschauer vor. Ihre Augen hingen fragend bald an Undinen, bald an dem schönen Fräulein, das ihre Tochter sein sollte. – »Sie ist es!« stammelte die entzückte Geberin, und die zwei alten Leute hingen laut weinend und Gott preisend an dem Halse der Wiedergefundenen.

Aber entsetzt und zürnend riß sich Bertalda aus ihrer Umarmung los. Es war zu viel für dieses stolze Gemüt, eine solche Wiedererkennung in dem Augenblicke, wo sie fest gemeint hatte, ihren bisherigen Glanz noch zu steigern, und die Hoffnung Thronhimmel und Kronen über ihr Haupt herunterregnen ließ. Es kam ihr vor, als habe ihre Nebenbuhlerin dies alles ersonnen, um sie nur recht ausgesucht vor Huldbranden und aller Welt zu demütigen. Sie schalt Undinen, sie schalt die beiden Alten; die häßlichen Worte »Betrügerin und erkauftes Volk!« rissen sich von ihren Lippen. Da sagte die alte Fischersfrau nur ganz leise vor sich hin: »Ach Gott, sie ist ein böses Weibsbild geworden; und dennoch fühl ich's im Herzen, daß sie von mir geboren ist.« – Der alte Fischer aber hatte seine Hände gefaltet und betete still, daß die hier seine Tochter nicht sein möge. – Undine wankte todesbleich von den Eltern zu Bertalda, von Bertalda zu den Eltern, plötzlich aus all den Himmeln, die sie sich geträumt hatte, in eine Angst und ein Entsetzen gestürzt, das ihr bisher auch nicht im Traume kundgeworden war. »Hast du denn eine Seele? Hast du denn wirklich eine Seele, Bertalda?« schrie sie einige Male in ihre zürnende Freundin hinein, als wolle sie sie aus einem plötzlichen Wahnsinn oder einem tollmachenden Nachtgesichte gewaltsam zur Besinnung bringen. Als aber Bertalda nur immer noch ungestümer wütete, als die verstoßenen Eltern laut zu heulen anfingen und die Gesellschaft sich streitend und eifernd in verschiedne Parten teilte, erbat sie sich mit einem Male so würdig und ernst die Freiheit, in den Zimmern ihres Mannes zu reden, daß alles um sie her wie auf einen Wink still ward. Sie trat darauf an das obre Ende des Tisches, wo Bertalda gesessen hatte, demütig und stolz, und sprach, während sich aller Augen unverwandt auf sie richteten, folgendergestalt:

»Ihr Leute, die ihr so feindlich ausseht und so verstört und mir mein liebes Fest so grimm zerreißt, ach Gott, ich wußte von euern törichten Sitten und eurer harten Sinnesweise nichts und werde mich wohl mein Leben lang nicht drin finden. Daß ich alles verkehrt angefangen habe, liegt nicht an mir; glaubt nur, es liegt einzig an euch, sowenig es auch darnach aussehen mag. Ich habe euch auch deshalb nur wenig zu sagen, aber das eine muß gesagt sein: Ich habe nicht gelogen. Beweise kann und will ich euch außer meiner Versicherung nicht geben, aber beschwören will ich es. Mir hat es derselbe gesagt, der Bertalden von ihren Eltern weg ins Wasser lockte und sie nachher dem Herzog in seinen Weg auf die grüne Wiese legte.«

»Sie ist eine Zauberin«, rief Bertalda, »eine Hexe, die mit bösen Geistern Umgang hat! Sie bekennt es ja selbst.«

»Das tue ich nicht«, sagte Undine, einen ganzen Himmel der Unschuld und Zuversicht in ihren Augen. »Ich bin auch keine Hexe; seht mich nur darauf an.«

»So lügt sie und prahlt«, fiel Bertalda ein, »und kann nicht behaupten, daß ich dieser niedern Leute Kind sei. Meine herzoglichen Eltern, ich bitte euch, führt mich aus dieser Gesellschaft fort und aus dieser Stadt, wo man nur darauf ausgeht, mich zu schmähen.«

Der alte, ehrsame Herzog aber blieb fest stehen, und seine Gemahlin sagte: »Wir müssen durchaus wissen, woran wir sind; Gott sei vor, daß ich eher nur einen Fuß aus diesem Saale setze.« – Da näherte sich die alte Fischerin, beugte sich tief vor der Herzogin und sagte: »Ihr schließt mir das Herz auf, hohe, gottesfürchtige Frau. Ich muß Euch sagen, wenn dieses böse Fräulein meine Tochter ist, trägt sie ein Mal, gleich einem Veilchen, zwischen beiden Schultern und ein gleiches auf dem Spann ihres linken Fußes. Wenn sie sich nur mit mir aus dem Saale entfernen wollte.« – »Ich entblöße mich nicht vor der Bäuerin«, sagte Bertalda, ihr stolz den Rücken wendend. – »Aber vor mir doch wohl«, entgegnete die Herzogin mit großem Ernst. »Ihr werdet mir in jenes Gemach folgen, Jungfrau, und die gute Alte kommt mit.« – Die drei verschwanden, und alle übrigen blieben in großer Erwartung schweigend zurück. Nach einer kleinen Weile kamen die Frauen wieder, Bertalda totenbleich, und die Herzogin sagte: »Recht muß Recht bleiben: Deshalben erklär ich, daß unsre Frau Wirtin vollkommen wahr gesprochen hat. Bertalda ist des Fischers Tochter, und soviel ist, als man hier zu wissen braucht.«

Das fürstliche Ehepaar ging mit der Pflegetochter fort; auf einen Wink des Herzogs folgte ihnen der Fischer mit seiner Frau. Die andern Gäste entfernten sich schweigend oder heimlich murmelnd, und Undine sank herzlich weinend in Huldbrands Arme.

Wie sie aus der Reichsstadt abreisten

Dem Herrn von Ringstetten wär es freilich lieber gewesen, wenn sich alles an diesem Tage anders gefügt hätte; aber auch so, wie es nun einmal war, konnte es ihm nicht unlieb sein, da sich seine reizende Frau so fromm und gutmütig und herzlich bewies. – »Wenn ich ihr eine Seele gegeben habe«, mußte er bei sich selber sagen, »gab ich ihr wohl eine beßre, als meine eigne ist«; und nun dachte er einzig darauf, die Weinende zufriedenzusprechen und gleich des andern Tages einen Ort mit ihr zu verlassen, der ihr seit diesem Vorfalle zuwider sein mußte. Zwar ist es an dem, daß man sie eben nicht ungleich beurteilte. Weil man schon früher etwas Wunderbares von ihr erwartete, fiel die seltsame Entdeckung von Bertaldens Herkommen nicht allzusehr auf, und nur gegen diese war jedermann, der die Geschichte und ihr stürmisches Betragen dabei erfuhr, übel gesinnt. Davon wußten aber der Ritter und seine Frau noch nichts; außerdem wäre eins für Undine so schmerzhaft gewesen als das andre, und so hatte man nichts Beßres zu tun, als die Mauern der alten Stadt baldmöglichst hinter sich zu lassen.

Mit den ersten Strahlen des Morgens hielt ein zierlicher Wagen für Undinen vor dem Tore der Herberge; Huldbrands und seiner Knappen Hengste stampften daneben das Pflaster. Der Ritter führte seine schöne Frau aus der Tür, da trat ihnen ein Fischermädchen in den Weg. – »Wir brauchen deine Ware nicht«, sagte Huldbrand zu ihr, »wir reisen eben fort.« – Da fing das Fischermädchen bitterlich an zu weinen, und nun erst sahen die Eheleute, daß es Bertalda war. Sie traten gleich mit ihr in das Gemach zurück und erfuhren von ihr, der Herzog und die Herzogin seien so erzürnt über ihre gestrige Härte und Heftigkeit, daß sie die Hand gänzlich von ihr abgezogen hätten, nicht ohne ihr jedoch vorher eine reiche Aussteuer zu schenken. Der Fischer sei gleichfalls wohl begabt worden und habe noch gestern abend mit seiner Frau wieder den Weg nach der Seespitze eingeschlagen.

»Ich wollte mit ihnen gehn«, fuhr sie fort, »aber der alte Fischer, der mein Vater sein soll –«

»Er ist es auch wahrhaftig, Bertalda«, unterbrach sie Undine. »Sieh nur, der, welchen du für den Brunnenmeister ansahst, erzählte mir's ausführlich. Er wollte mich abreden, daß ich dich nicht mit nach Burg Ringstetten nehmen sollte, und da fuhr ihm dies Geheimnis mit heraus.«

»Nun denn«, sagte Bertalda, »mein Vater – wenn es denn so sein soll – mein Vater sprach: ›Ich nehme dich nicht mit, bis du anders geworden bist. Wage dich allein durch den verrufenen Wald zu uns hinaus; das soll die Probe sein, ob du dir etwas aus uns machst. Aber komm mir nicht wie ein Fräulein; wie eine Fischerdirne komm!‹ – Da will ich denn tun, wie er gesagt hat, denn von aller Welt bin ich verlassen und will als ein armes Fischerkind bei den ärmlichen Eltern einsam leben und sterben. Vor dem Wald graut es mich freilich sehr. Es sollen abscheuliche Gespenster drinnen hausen, und ich bin so furchtsam. Aber was hilft's? – Hierher kam ich nur noch, um bei der edlen Frau von Ringstetten Verzeihung dafür zu erflehen, daß ich mich gestern so ungebührlich erzeigte. Ich fühle wohl, Ihr habt es gut gemeint, holde Dame, aber Ihr wußtet nicht, wie Ihr mich verletzen würdet, und da strömte mir denn in der Angst und Überraschung gar manch unsinnig verwegnes Wort über die Lippen. Ach, verzeiht, verzeiht! Ich bin ja so unglücklich schon. Denkt nur selbsten, was ich noch gestern in der Frühe war, noch gestern zu Anfang Eures Festes, und was nun heut! –«

Die Worte gingen ihr unter in einem schmerzlichen Tränenstrom, und gleichfalls bitterlich weinend fiel ihr Undine um den Hals. Es dauerte lange, bis die tiefgerührte Frau ein Wort hervorbringen konnte; dann aber sagte sie: »Du sollst ja mit uns nach Ringstetten; es soll ja alles bleiben, wie es früher abgeredet war; nur nenne mich wieder du und nicht mehr Dame und edle Frau. Sieh, wir wurden als Kinder miteinander vertauscht; da schon verzweigte sich unser Geschick, und wir wollen es fürder so innig verzweigen, daß es keine menschliche Gewalt zu trennen imstand sein soll. Nur erst mit uns nach Ringstetten. Wie wir als Schwestern miteinander teilen wollen, besprechen wir dort.« – Bertalda sah scheu nach Huldbrand empor. Ihn jammerte des schönen, bedrängten Mägdleins; er bot ihr die Hand und redete ihr kosend zu, sich ihm und seiner Gattin anzuvertraun. – »Euern Eltern«, sagte er, »schicken wir Botschaft, warum Ihr nicht gekommen seid«; und noch manches wollte er wegen der guten Fischersleute hinzusetzen, aber er sah, wie Bertalda bei deren Erwähnung schmerzhaft zusammenfuhr, und ließ also lieber das Reden davon sein. Aber unter den Arm faßte er sie, hob sie zuerst in den Wagen, Undinen ihr nach, und trabte fröhlich beiher, trieb auch den Fuhrmann so wacker an, daß sie das Gebiet der Reichsstadt und mit ihm alle trüben Erinnerungen in kurzer Zeit überflogen hatten und nun die Frauen mit beßrer Lust durch die schönen Gegenden hinrollten, welche ihr Weg sie entlängst führte.

Nach einigen Tagesreisen kamen sie eines schönen Abends auf Burg Ringstetten an. Dem jungen Rittersmann hatten seine Vögte und Mannen viel zu berichten, so daß Undine mit Bertalden allein blieb. Die beiden ergingen sich auf dem hohen Walle der Veste und freuten sich an der anmutigen Landschaft, die sich ringsum durch das gesegnete Schwaben ausbreitete. Da trat ein langer Mann zu ihnen, der sie höflich grüßte und der Bertalden vorkam wie jener Brunnenmeister in der Reichsstadt. Noch unverkennbarer ward ihr die Ähnlichkeit, als Undine ihm unwillig, ja drohend zurückwinkte und er sich mit eiligen Schritten und schüttelndem Kopfe fortmachte wie damals, worauf er in einem nahen Gebüsche verschwand. Undine aber sagte: »Fürchte dich nicht, liebes Bertaldchen; diesmal soll dir der häßliche Brunnenmeister nichts zuleide tun.« – Und damit erzählte sie ihr die ganze Geschichte ausführlich, und auch, wer sie selbst sei und wie Bertalda von den Fischersleuten weg-, Undine aber dahingekommen war. Die Jungfrau entsetzte sich anfänglich vor diesen Reden; sie glaubte, ihre Freundin sei von einem schnellen Wahnsinn befallen. Aber mehr und mehr überzeugte sie sich, daß alles wahr sei an Undinens zusammenhängenden Worten, die zu den bisherigen Begebenheiten so gut paßten, und noch mehr an dem innern Gefühl, mit welchem sich die Wahrheit uns kundzugeben nie ermangelt. Es war ihr seltsam, daß sie nun selbst wie mitten in einem von den Märchen lebe, die sie sonst nur erzählen gehört. Sie starrte Undinen mit Ehrfurcht an, konnte sich aber eines Schauders, der zwischen sie und ihre Freundin trat, nicht mehr erwehren und mußte sich beim Abendbrot sehr darüber wundern, wie der Ritter gegen ein Wesen so verliebt und freundlich tat, welches ihr seit den letzten Entdeckungen mehr gespenstisch als menschlich vorkam.

Wie sie auf Burg Ringstetten lebten

Der diese Geschichte aufschreibt, weil sie ihm das Herz bewegt und weil er wünscht, daß sie auch andern ein Gleiches tun möge, bittet dich, lieber Leser, um eine Gunst. Sieh es ihm nach, wenn er jetzt über einen ziemlich langen Zeitraum mit kurzen Worten hingeht und dir nur im allgemeinen sagt, was sich darin begeben hat. Er weiß wohl, daß man es recht kunstgemäß und Schritt vor Schritt entwickeln könnte, wie Huldbrands Gemüt begann, sich von Undinen ab- und Bertalden zuzuwenden, wie Bertalda dem jungen Mann mit glühender Liebe immer mehr entgegenkam und er und sie die arme Ehefrau als ein fremdartiges Wesen mehr zu fürchten als zu bemitleiden schienen, wie Undine weinte und ihre Tränen Gewissensbisse in des Ritters Herzen anregten, ohne jedoch die alte Liebe zu erwecken, so daß er ihr wohl bisweilen freundlich tat, aber ein kalter Schauer ihn bald von ihr weg und dem Menschenkinde Bertalda entgegentrieb – man könnte dies alles, weiß der Schreiber, ordentlich ausführen, vielleicht sollte man's auch. Aber das Herz tut ihm dabei allzu weh, denn er hat ähnliche Dinge erlebt und scheut sich in der Erinnerung auch noch vor ihrem Schatten. Du kennst wahrscheinlich ein ähnliches Gefühl, lieber Leser, denn so ist nun einmal der sterblichen Menschen Geschick. Wohl dir, wenn du dabei mehr empfangen als ausgeteilt hast, denn hier ist Nehmen seliger als Geben. Dann schleicht dir nur ein geliebter Schmerz bei solchen Erwähnungen durch die Seele und vielleicht eine linde Träne die Wange herab, um deine verwelkten Blumenbeete, deren du dich so herzlich gefreut hattest. Damit sei es aber auch genug; wir wollen uns nicht mit tausendfach vereinzelten Stichen das Herz durchprickeln, sondern nur kurz dabei bleiben, daß es nun einmal so gekommen war, wie ich es vorhin sagte. Die arme Undine war sehr betrübt, die andern beiden waren auch nicht eben vergnügt; sonderlich meinte Bertalda bei der geringsten Abweichung von dem, was sie wünschte, den eifersüchtigen Druck der beleidigten Hausfrau zu spüren. Sie hatte sich deshalb ordentlich ein herrisches Wesen angewöhnt, dem Undine in wehmütiger Entsagung nachgab und das durch den verblendeten Huldbrand gewöhnlich aufs entschiedenste unterstützt ward. – Was die Burggesellschaft noch mehr verstörte, waren allerhand wunderliche Spukereien, die Huldbranden und Bertalden in den gewölbten Gängen des Schlosses begegneten und von denen vorher seit Menschengedenken nichts gehört worden war. Der lange, weiße Mann, in welchem Huldbrand den Oheim Kühleborn, Bertalda den gespenstischen Brunnenmeister nur allzuwohl erkannte, trat oftmals drohend vor beide, vorzüglich aber vor Bertalden hin, so daß diese schon einigemal vor Schrecken krank darniedergelegen hatte und manchmal daran dachte, die Burg zu verlassen. Teils aber war ihr Huldbrand allzu lieb, und sie stützte sich dabei auf ihre Unschuld, weil es nie zu einer eigentlichen Erklärung unter ihnen gekommen war; teils auch wußte sie nicht, wohin sie sonst ihre Schritte richten sollte. Der alte Fischer hatte auf des Herrn von Ringstettens Botschaft, daß Bertalda bei ihm sei, mit einigen schwer zu lesenden Federzügen, so wie sie ihm Alter und lange Entwöhnung verstatteten, geantwortet: »Ich bin nun ein armer alter Witwer geworden, denn meine liebe treue Frau ist mir erstorben. Wie sehr ich aber auch allein in der Hütte sitzen mag, Bertalda ist mir lieber dort als bei mir. Nur daß sie meiner lieben Undine nichts zuleide tue! Sonst hätte sie meinen Fluch.« – Die letzten Worte schlug Bertalda in den Wind, aber das wegen des Wegbleibens von dem Vater behielt sie gut, so wie wir Menschen in ähnlichen Fällen es immer zu machen pflegen.

Eines Tages war Huldbrand eben ausgeritten, als Undine das Hausgesinde versammelte, einen großen Stein herbeibringen ließ und den prächtigen Brunnen, der sich in der Mitte des Schloßhofes befand, sorgfältig damit zu bedecken befahl. Die

Leute wandten ein, sie würden alsdann das Wasser weit unten aus dem Tale heraufzuholen haben. Undine lächelte wehmütig. – »Es tut mir leid um eure vermehrte Arbeit, liebe Kinder«, entgegnete sie. »Ich möchte lieber selbst die Wasserkrüge heraufholen, aber dieser Brunnen muß nun einmal zu. Glaubt es mir aufs Wort, daß es nicht anders angeht und daß wir nur dadurch ein größeres Unheil zu vermeiden imstande sind.« – Die ganze Dienerschaft freute sich, ihrer sanften Hausfrau gefällig sein zu können; man fragte nicht weiter, sondern ergriff den ungeheuren Stein. Dieser hob sich unter ihren Händen und schwebte bereits über dem Brunnen, da kam Bertalda gelaufen und rief, man solle innehalten; aus diesem Brunnen lasse sie das Waschwasser holen, welches ihrer Haut so vorteilhaft sei, und sie werde nimmermehr zugeben, daß man ihn verschließe. Undine aber blieb diesmal, obgleich auf gewohnte Weise sanft, dennoch auf ungewohnte Weise bei ihrer Meinung fest; sie sagte, als Hausfrau gebühre ihr, alle Anordnungen der Wirtschaft nach bester Überzeugung einzurichten, und niemand habe sie darüber Rechenschaft abzulegen als ihrem Ehgemahl und Herrn. – »Seht, o seht doch«, rief Bertalda unwillig und ängstlich, »das arme, schöne Wasser kräuselt sich und windet sich, weil es vor der klaren Sonne versteckt werden soll und vor dem erfreulichen Anblick der Menschengesichter, zu deren Spiegel es erschaffen ist!« – In der Tat zischte und regte sich die Flut im Borne ganz wunderlich; es war, als wollte sich etwas daraus hervorringen, aber Undine drang nur um so ernstlicher auf die Erfüllung ihrer Befehle. Es brauchte dieses Ernstes kaum. Das Schloßgesind war ebenso froh, seiner milden Herrin zu gehorchen als Bertaldas Trotz zu brechen, und so ungebärdig diese auch schelten und drohen mochte, lag dennoch in kurzer Zeit der Stein über der Öffnung des Brunnens fest. Undine lehnte sich sinnend darüber hin und schrieb mit den schönen Fingern auf der Fläche. Sie mußte aber wohl etwas sehr Scharfes und Ätzendes dabei in der Hand gehabt haben, denn als sie sich abwandte und die andern näher hinzutraten, nahmen sie allerhand seltsame Zeichen auf dem Steine wahr, die keiner vorher an demselben gesehn haben wollte.

Den heimkehrenden Ritter empfing am Abend Bertalda mit Tränen und Klagen über Undines Verfahren. Er warf ernste Blicke auf diese, und die arme Frau sah betrübt vor sich nieder. Doch sagte sie mit großer Fassung: »Mein Herr und Ehgemahl schilt ja keinen Leibeignen, bevor er ihn hört, wie minder dann sein angetrautes Weib.« – »Sprich, was dich zu jener seltsamen Tat bewog«, sagte der Ritter mit finsterm Antlitz. – »Ganz allein möcht ich es dir sagen!« seufzte Undine. – »Du kannst es ebensogut in Bertaldas Gegenwart«, entgegnete er. – »Ja, wenn du es gebeutst«, sagte Undine; »aber gebeut es nicht. O bitte, bitte, gebeut es nicht.« – Sie sah so demütig und gehorsam aus, daß des Ritters Herz sich einem Sonnenblick aus bessern Zeiten erschloß. Er faßte sie freundlich unter den Arm und führte sie in sein

Gemach, wo sie folgendermaßen zu sprechen begann:

»Du kennst ja den bösen Oheim Kühleborn, mein geliebter Herr, und bist ihm öfters unwillig in den Gängen dieser Burg begegnet. Bertalden hat er gar bisweilen zum Krankwerden erschreckt. Das macht, er ist seelenlos, ein bloßer elementarischer Spiegel der Außenwelt, der das Innere nicht wiederzustrahlen vermag. Da sieht er denn bisweilen, daß du unzufrieden mit mir bist, daß ich in meinem kindischen Sinne darüber weine, daß Bertalda vielleicht eben in derselben Stunde zufällig lacht. Nun bildet er sich allerhand Ungleiches ein und mischt sich auf vielfache Weise ungebeten in unsern Kreis. Was hilft's, daß ich ihn ausschelte? Daß ich ihn unfreundlich wegschicke? Er glaubt mir nicht ein Wort. Sein armes Leben hat keine Ahnung davon, wie Liebesleiden und Liebesfreuden einander so anmutig gleich sehn und so innig verschwistert sind, daß keine Gewalt sie zu trennen vermag. Unter der Träne quillt das Lächeln vor, das Lächeln lockt die Träne aus ihren Kammern.«

Sie sah lächelnd und weinend nach Huldbrand in die Höh, der allen Zauber der alten Liebe wieder in seinem Herzen empfand. Sie fühlte das, drückte ihn inniger an sich und fuhr unter freudigen Tränen also fort:

»Da sich der Friedenstörer nicht mit Worten weisen ließ, mußte ich wohl die Tür vor ihm zusperren. Und die einzige Tür, die er zu uns hat, ist jener Brunnen. Mit den andern Quellgeistern hier in der

Gegend ist er entzweit, von den nächsten Tälern an, und erst weiterhin auf der Donau, wenn einige seiner guten Freunde hineingeströmt sind, fängt sein Reich wieder an. Darum ließ ich den Stein über des Brunnens Öffnung wälzen und schrieb Zeichen darauf, die alle Kraft des eifernden Oheims lähmen, so daß er nun weder dir noch mir, noch Bertalden in den Weg kommen soll. Menschen freilich können trotz der Zeichen mit ganz gewöhnlichem Bemühen den Stein wieder abheben; die hindert es nicht. Willst du also, so tu nach Bertaldas Begehr, aber wahrhaftig, sie weiß nicht, was sie bittet. Auf sie hat es der ungezogne Kühleborn ganz vorzüglich angesehn, und wenn manches käme, was er mir prophezeien wollte und was doch wohl geschehen könnte, ohne daß du es übel meintest – ach Lieber, so wärest ja auch du nicht außer Gefahr!«

Huldbrand fühlte tief im Herzen die Großmut seiner holden Frau, wie sie ihren furchtbaren Beschützer so emsig aussperrte und noch dazu von Bertalden darüber gescholten worden war. Er drückte sie daher aufs liebreichste in seine Arme und sagte gerührt: »Der Stein bleibt liegen, und alles bleibt und soll immer bleiben, wie du es haben willst, mein holdes Undinchen.« Sie schmeichelte ihm demütig froh über die lang entbehrten Worte der Liebe und sagte endlich: »Mein allerliebster Freund, da du heute so überaus mild und gütig bist, dürft ich es wohl wagen, dir eine Bitte vorzutragen? Sieh nur, es ist mir dir wie mit dem Sommer. Eben in seiner besten Herrlichkeit setzt sich der flammende und donnernde Kronen von schönen Gewittern auf, darin er als ein rechter König und Erdengott anzusehen ist. So schiltst auch du bisweilen und wetterleuchtest mit Zung und Augen, und das steht dir sehr gut, wenn ich auch bisweilen in meiner Torheit darüber zu weinen anfange. Aber tu das nie gegen mich auf einem Wasser oder wo wir auch nur einem Gewässer nahe sind. Siehe, dann bekämen die Verwandten ein Recht über mich. Unerbittlich würden sie mich von dir reißen in ihrem Grimm, weil sie meinten, daß eine ihres Geschlechts beleidigt sei, und ich müßte lebenslang drunten in den Kristallpalästen wohnen und dürfte nie wieder zu dir herauf, oder sendeten sie mich zu dir herauf, o Gott, dann wär es noch unendlich schlimmer. Nein, nein, du süßer Freund, dahin laß es nicht kommen, so lieb dir die arme Undine ist.«

Er verhieß feierlich zu tun, was sie begehre, und die beiden Eheleute traten unendlich froh und liebevoll wieder aus dem Gemach. Da kam Bertalda mit einigen Werkleuten, die sie unterdes schon hatte bescheiden lassen, und sagte mit einer mürrischen Art, die sie sich zeither angenommen hatte: »Nun ist doch wohl das geheime Gespräch zu Ende, und der Stein kann herab. Geht nur hin, ihr Leute, und richtet's aus.« – Der Ritter aber, ihre Unart empört fühlend, sagte in kurzen und sehr ernstlichen Worten: »Der Stein bleibt liegen.« Auch verwies er Bertalden ihre Heftigkeit gegen seine Frau, worauf die Werkleute mit heimlich-vergnügtem Lächeln fortgingen, Bertalda aber von der andern Seite erbleichend nach ihren Zimmern eilte.

Die Stunde des Abendessens kam heran, und Bertalda ließ sich vergeblich erwarten. Man schickte nach ihr; da fand der Kämmerling ihre Gemächer leer und brachte nur ein versiegeltes Blatt, an den Ritter überschrieben, mit zurück. Dieser öffnete es bestürzt und las:

»Ich fühle mit Beschämung, wie ich nur eine arme Fischersdirne bin. Daß ich es für Augenblicke vergaß, will ich in der ärmlichen Hütte meiner Eltern büßen. Lebt wohl mit Eurer schönen Frau!«

Undine war von Herzen betrübt. Sie bat Huldbranden insbrünstig, der entflohenen Freundin nachzueilen und sie wieder mit zurückzubringen. Ach, sie hatte nicht nötig zu treiben! Seine Neigung für Bertalden brach wieder heftig hervor. Er eilte im ganzen Schloß umher, fragend, ob niemand gesehn habe, welches Weges die schöne Flüchtige gegangen sei. Er konnte nichts erfahren und saß schon im Burghofe zu Pferde, entschlossen, aufs Geratewohl dem Wege nachzureiten, den er Bertalden hierher geführt hatte. Da kam ein Schildbub und versicherte, er sei dem Fräulein auf dem Pfade nach dem Schwarztale begegnet. Wie ein Pfeil sprengte der Ritter durch das Tor, der angewiesenen Richtung nach, ohne Undines ängstliche Stimme zu hören, die ihm aus dem Fenster nachrief: »Nach dem Schwarztal? O dahin nicht! Huldbrand, dahin nicht! Oder um Gottes willen, nimm mich mit!« – Als sie aber all ihr Rufen vergeblich sah, ließ sie eilig ihren weißen Zelter satteln und trabte dem Ritter nach, ohne irgendeines Dieners Begleitung annehmen zu wollen.

Wie Bertalda mit dem Ritter heimfuhr

Das Schwarztal liegt tief in die Berge hinein. Wie es jetzo heißt, kann man nicht wissen. Damals nannten es die Landsleute so wegen der tiefen Dunkelheit, welche von hohen Bäumen, worunter es vorzüglich viele Tannen gab, in die Niederung heruntergestreuet war. Selbst der Bach, der zwischen den Klippen hinstrudelte, sah davon ganz schwarz aus und gar nicht so fröhlich, wie es Gewässer wohl zu tun pflegen, die den blauen Himmel unmittelbar über sich haben. Nun, in der hereinbrechenden Dämmerung, war es vollends sehr wild und finster zwischen den Höhen geworden. Der Ritter trabte ängstlich die Bachesufer entlängst; er fürchtete bald, durch Verzögerung die Flüchtige zu weit voraus zu lassen, bald wieder, in der großen Eile sie irgendwo, dafern sie sich vor ihm verstecken wolle, zu übersehn. Er war indes schon ziemlich tief in das Tal hineingekommen und konnte nun denken, das Mägdlein bald eingeholt zu haben, wenn er anders auf der rechten Spur war. Die Ahnung, daß er das auch wohl nicht sein könne, trieb sein Herz zu immer ängstlicheren Schlägen. Wo sollte die zarte Bertalda bleiben, wenn er sie nicht fand, in der drohenden Wetternacht, die sich immer furchtbarer über das

Tal hereinbog? Da sah er endlich etwas Weißes am Hange des Berges durch die Zweige schimmern. Er glaubte, Bertaldas Gewand zu erkennen, und machte sich hinzu. Sein Roß aber wollte nicht hinan; es bäumte sich so ungestüm, und er wollte so wenig Zeit verlieren, daß er – zumal da ihm wohl ohnehin zu Pferde das Gesträuch allzu hinderlich geworden wäre – absaß und den schnaubenden Hengst an eine Rüster band, worauf er sich dann vorsichtig durch die Büsche hinarbeitete. Die Zweige schlugen ihm unfreundlich Stirn und Wangen mit der kalten Nässe des Abendtaus, ein ferner Donner murmelte jenseits der Berge hin, es sah alles so seltsam aus, daß er anfing, eine Scheu vor der weißen Gestalt zu empfinden, die nun schon unfern von ihm am Boden lag. Doch konnte er ganz deutlich unterscheiden, daß es ein schlafendes oder ohnmächtiges Frauenzimmer in langen, weißen Gewändern war, wie sie Bertalda heute getragen hatte. Er trat dicht vor sie hin, rauschte an den Zweigen, klirrte an seinem Schwerte – sie regte sich nicht. – »Bertalda!« sprach er; erst leise, dann immer lauter – sie hörte nicht. Als er zuletzt den teuern Namen mit gewaltsamer Anstrengung rief, hallte ein dumpfes Echo auch den Berghöhlen des Tales lallend zurück: »Bertalda!« – aber die Schläferin blieb unerweckt. Er beugte sich zu ihr nieder; die Dunkelheit des Tales und der einbrechenden Nacht ließen keinen ihrer Gesichtszüge unterscheiden. Als er sich nun eben mit einigem gramvollen Zweifel ganz nahe zu ihr an den Boden gedrückt hatte, fuhr ein Blitz schnell erleuchtend über das Tal hin. Er sah ein abscheulich verzerrtes Antlitz dicht vor sich, das mit dumpfer Stimme rief: »Gib mir 'nen Kuß, du verliebter Schäfer.« – Vor Entsetzen schreiend, fuhr Huldbrand in die Höh, die häßliche Gestalt ihm nach. – »Zu Haus!« murmelte sie; »die Unholde sind wach. Zu Haus! Sonst hab ich dich!« – Und es griff nach ihm mit langen, weißen Armen. – »Tückischer Kühleborn«, rief der Ritter, sich ermannend, »was gilt's, du bist es, du Kobold! Da hast du 'nen Kuß!« – Und wütend hieb er mit dem Schwerte gegen die Gestalt. Aber die zerstob, und ein durchnässender Wasserguß ließ dem Ritter keinen Zweifel darüber, mit welchem Feinde er gestritten habe.

»Er will mich zurückschrecken von Bertalden«, sagte er laut zu sich selbst; »er denkt, ich soll mich vor seinen albernen Spukereien fürchten und ihm das arme, geängstete Mädchen hingeben, damit er sie seine Rache könne fühlen lassen. Das soll er doch nicht, der schwächliche Elementargeist. Was eine Menschenbrust vermag, wenn sie so recht will, so recht aus ihrem besten Leben will, das versteht der ohnmächtige Gaukler nicht.« – Er fühlte die Wahrheit seiner Worte und daß er sich selbst dadurch einen ganz erneuten Mut in das Herz gesprochen habe. Auch schien es, als trete das Glück mit ihm in Bund, denn noch war er nicht wieder bei seinem angebundenen Rosse, da hörte er schon ganz deutlich Bertaldas klagende Stimme, wie sie unfern von ihm durch das immer lauter werdende Geräusch des Donners und Sturmwinds herüber weinte. Beflügelten Fußes eilte er dem Schalle nach und fand die erbebende Jungfrau, wie sie eben die Höhe hinanzuklimmen versuchte, um sich auf alle Weise aus dem schaurigen Dunkel dieses Tales zu retten. Er aber trat ihr liebkosend in den Weg, und so kühn und stolz auch früher ihr Entschluß mochte gewesen sein, empfand sie doch jetzt nur allzu lebendig das Glück, daß ihr im Herzen geliebter Freund sie aus der furchtbaren Einsamkeit erlöse und das helle Leben in der befreundeten Burg so anmutige Arme nach ihr ausstrecke. Sie folgte fast ohne Widerspruch, aber so ermattet, daß der Ritter froh war, sie bis zu seinem Rosse geleitet zu haben, welches er nun eilig losknüpfte, um die schöne Wandrerin hinaufzuheben und es alsdann am Zügel sich durch die ungewissen Schatten der Talgegend vorsichtig nachzuleiten.

Aber das Pferd war ganz verwildert durch Kühleborns tolle Erscheinung. Selbst der Ritter würde Mühe gebraucht haben, auf des bäumenden, wildschnaubenden Tieres Rücken zu springen; die zitternde Bertalda hinaufzuheben, war eine volle Unmöglichkeit. Man beschloß also, zu Fuße heimzukehren. Das Roß am Zügel nachzerrend, unterstützte der Ritter mit der andern Hand das schwankende Mägdlein. Bertalda machte sich so stark als möglich, um den furchtbaren Talgrund schnell zu durchwandeln, aber wie Blei zog die Müdigkeit sie herab, und zugleich bebten ihr alle Glieder zusammen, teils noch von mancher überstandnen Angst, womit Kühleborn sie vorwärts gehetzt hatte, teils auch in der fortdauernden Bangigkeit vor dem Geheul des Sturmes und Donners durch die Waldung des Gebirgs.

Endlich entglitt sie dem stützenden Arm ihres Führers, und auf das Moos hingesunken, sagte sie: »Laßt mich nur hier liegen, edler Herr. Ich büße meiner Torheit Schuld und muß nun doch auf alle Weise hier verkommen vor Mattigkeit und Angst.« – »Nimmermehr, holde Freundin, verlaß ich Euch!« rief Huldbrand, vergeblich bemüht, den brausenden Hengst an seiner Hand zu bändigen, der ärger als vorhin zu tosen und zu schäumen begann; der Ritter war endlich nur froh, daß er ihn von der hingesunknen Jungfrau fern genug hielt, um sie nicht durch die Furcht vor ihm noch mehr zu erschrecken. Wie er sich aber mit dem tollen Pferde nur kaum einige Schritte entfernte, begann sie auch gleich, ihm auf das allerjämmerlichste nachzurufen, des Glaubens, er wolle sie wirklich hier in der entsetzlichen Wildnis verlassen. Er wußte gar nicht mehr, was er beginnen sollte. Gern hätte er dem wütenden Tiere volle Freiheit gegeben, durch die Nacht hinzustürmen und seine Raserei auszutoben, hätte er nur nicht fürchten müssen, es würde in diesem engen Paß mit seinen beerzten Hufen eben über die Stelle hindonnern, wo Bertalda lag.

Während dieser großen Not und Verlegenheit war es ihm unendlich trostreich, daß er einen Wagen langsam den steinigen Weg hinter sich herabfahren hörte. Er rief um Beistand; eine männliche Stimme antwortete, verwies ihn zur Geduld, aber versprach zu helfen, und bald darauf leuchteten schon zwei Schimmel durch das Gebüsch, der weiße Kärrnerkittel ihres Führers nebenher, worauf sich denn auch die große weiße Leinewand sehen ließ, mit welcher die Waren, die er bei sich führen mochte, überdeckt waren. Auf ein lautes Brr! aus dem Munde ihres Herrn standen die gehorsamen Schimmel. Er kam gegen den Ritter heran und half ihm das schäumende Tier bändigen. – »Ich merke wohl«, sagte er dabei, »was der Bestie fehlt. Als ich zuerst durch diese Gegend zog, ging es meinen Pferden nicht besser. Das macht, hier wohnt ein böser Wassernix, der an solchen Neckereien Lust hat. Aber ich hab ein Sprüchlein gelernt; wenn Ihr mir vergönnen wolltet, dem Rosse das ins Ohr zu sagen, so sollt es gleich so ruhig stehn wie meine Schimmel da.« – »Versucht Eu'r Heil und helft nur bald!« schrie der ungeduldige Ritter. Da bog der Fuhrmann den Kopf des bäumenden Pferdes zu sich herunter und sagte ihm einige Worte ins Ohr. Augenblicklich stand der Hengst gezähmt und friedlich still, und nur sein erhitztes Keuchen und Dampfen zeugte noch von der vorherigen Unbändigkeit. Es war nicht viel Zeit für Huldbranden, lange zu fragen, wie dies zugegangen sei. Er ward mit dem Kärrner einig, daß er Bertalden auf den Wagen nehmen solle, wo, seiner Aussage nach, die weichste Baumwolle in Ballen lag, und so möge er sie bis nach Burg Ringstetten führen; der Ritter wolle den Zug zu Pferde begleiten. Aber das Roß schien von seinem vorigen Toben zu erschöpft, um noch seinen Herrn so weit zu tragen, weshalb diesem der Kärrner zuredete, mit Bertalden in den Wagen zu steigen. Das Pferd könne man ja hinten anbinden. – »Es geht bergunter«, sagte er, »und da wird's meinen Schimmeln leicht.« – Der Ritter nahm dies Erbieten an, er bestieg mit Bertalden den Wagen, der Hengst folgte geduldig nach, und rüstig und achtsam schritt der Fuhrmann beiher.

In der Stille der tiefer dunkelnden Nacht, aus der das Gewitter immer ferner und schweigsamer abdonnerte, in dem behaglichen Gefühl der Sicherheit und des bequemen Fortkommens entspann sich zwischen Huldbrand und Bertalda ein trauliches Gespräch. Mit schmeichelnden Worten schalt er sie um ihr trotziges Flüchten; mit Demut und Rührung entschuldigte sie sich, und aus allem, was sie sprach, leuchtete es hervor gleich einer Lampe, die dem Geliebten zwischen Nacht und Geheimnis kundgibt, die Geliebte harre noch sein. Der Ritter fühlte den Sinn dieser Reden weit mehr, als daß er auf die Bedeutung der Worte achtgegeben hätte, und antwortete auch einzig auf jenen. Da rief der Fuhrmann plötzlich mit kreischender Stimme: »Hoch, ihr Schimmel! Hoch den Fuß! Nehmt euch zusammen, Schimmel! Denkt hübsch, was ihr seid!« – Der Ritter beugte sich aus dem Wagen und sah, wie die Pferde mitten im schäumenden Wasser dahinschritten oder fast schon schwammen, des Wagens Räder wie Mühlenräder blinkten und rauschten, der Kärrner vor der wachsenden Flut auf das Fuhrwerk gestiegen war. – »Was soll das für ein Weg sein? Der geht ja mitten in den Strom!« rief Huldbrand seinem

Führer zu. – »Nein, Herr«, lachte dieser zurück; »es ist grad umgekehrt. Der Strom geht mitten in unsern Weg. Seht Euch nur um, wie alles übergetreten ist.«

In der Tat wogte und rauschte der ganze Talgrund von plötzlich empörten, sichtbar steigenden Wellen. »Das ist der Kühleborn, der böse Wassernix, der uns ersäufen will!« rief der Ritter. »Weißt du kein Sprüchlein wider ihn, Gesell?« – »Ich wüßte wohl eins«, sagte der Fuhrmann, »aber ich kann und mag es nicht eher brauchen, als bis Ihr wißt, wer ich bin.« – »Ist es hier Zeit zu Rätseln?« schrie der Ritter. »Die Flut steigt immer höher, und was geht es mich an zu wissen, wer du bist?« – »Es geht Euch aber doch was an«, sagte der Fuhrmann, »denn ich bin Kühleborn.« Damit lachte er, verzerrten Antlitzes, zum Wagen herein, aber der Wagen blieb nicht Wagen mehr, die Schimmel nicht Schimmel; alles verschäumte, verrann in zischenden Wogen, und selbst der Fuhrmann bäumte sich als eine riesige Welle empor, riß den vergeblich arbeitenden Hengst unter die Gewässer hinab und wuchs dann wieder, und wuchs über den Häuptern des schwimmenden Paares wie zu einem feuchten Turme an und wollte sie eben rettungslos begraben. –

Da scholl Undinens anmutige Stimme durch das Getöse hin, der Mond trat aus den Wolken, und mit ihm ward Undine auf den Höhe des Talgrundes sichtbar. Sie schalt, sie drohte in die Fluten hinab, die drohende Turmeswoge verschwand murrend und murmeld, leise rannen die Wasser im Mondglanze dahin, und wie eine weiße Taube sah man Undinen von der Höhe hinabtauchen, den Ritter und Bertalden erfassen und mit sich nach einem frischen, grünen Rasenfleck auf der Höhe emporheben, wo sie mit ausgesuchten Labungen Ohnmacht und Schrecken vertrieb; dann half sie Bertalden zu dem weißen Zelter, der sie selbst hergetragen hatte, hinaufheben, und so gelangten alle dreie nach Burg Ringstetten zurück.

Die Reise nach Wien

Es lebte sich seit der letzten Begebenheit still und ruhig auf dem Schloß. Der Ritter erkannte mehr und mehr seiner Frau himmlische Güte, die sich durch ihr Nacheilen und Retten im Schwarztale, wo Kühleborns Gewalt wieder anging, so herrlich offenbart hatte; Undine selbst empfand den Frieden und die Sicherheit, deren ein Gemüt nie ermangelt, solange es mit Besonnenheit fühlt, daß es auf dem rechten Wege sei, und zudem gingen ihr in der neu erwachenden Liebe und Achtung ihres Ehemannes vielfache Schimmer der Hoffnung und Freude auf. Bertalda hingegen zeigte sich dankbar, demütig und scheu, ohne daß sie wieder diese Äußerungen als etwas Verdienstliches angeschlagen hätte. Sooft ihr einer der Eheleute über die Verdeckung des Brunnens oder über die Abenteuer im Schwarztale irgend etwas Erklärendes sagen wollte, bat sie inbrünstig, man möge sie damit verschonen, weil sie wegen des Brunnens allzu viele Beschämung und wegen des Schwarztales allzu viele Schrecken empfinde. Sie erfuhr daher auch von beiden weiter nichts; und wozu schien es auch nötig zu sein? Der Friede und die Freude hatten ja ihren sichtbaren Wohnsitz in Burg Ringstetten genommen. Man ward darüber ganz sicher und meinte, nun könne das Leben gar nichts mehr tragen als anmutige Blumen und Früchte.

In so erlabenden Verhältnissen war der Winter gekommen und vorübergegangen, und der Frühling sah mit seinen hellgrünen Sprossen und seinem lichtblauen Himmel zu den fröhlichen Menschen herein. Ihm war zumut wie ihnen, und ihnen wie ihm. Was Wunder, daß seine Störche und Schwalben auch in ihnen die Reiselust anregten! Während sie einmal nach den Donauquellen hinab lustwandelten, erzählte Huldbrand von der Herrlichkeit des edlen Stromes, und wie er wachsend durch gesegnete Länder fließe, wie das köstliche Wien an seinen Ufern emporglänze und er überhaupt mit jedem Schritte seiner Fahrt an Macht und Lieblichkeit gewinne. – »Es müßte herrlich sein, ihn so bis Wien einmal hinabzufahren!« brach Bertalda aus, aber gleich darauf in ihre jetzige Demut und Bescheidenheit zurückgesunken, schwieg sie errötend still. Eben dies rührte Undinen sehr, und im lebhaftesten Wunsch, der lieben Freundin eine Lust zu machen, sagte sie: »Wer hindert uns denn, die Reise anzutreten?« – Bertalda hüpfte vor Freuden in die Höhe, und die beiden Frauen begannen sogleich, sich die anmutige Donaufahrt mit den allerhellsten Farben vor die Sinne zu rufen. Auch Huldbrand stimmte fröhlich darin ein; nur sagte er einmal besorgt Undinen ins Ohr: »Aber weiterhin ist Kühleborn wieder gewaltig?« – »Laß ihn nur kommen«, entgegnete sie lachend; »ich bin ja dabei, und vor mir wagt er sich mit keinem Unheil hervor.« – Damit war das letzte Hindernis gehoben, man rüstete sich zur Fahrt und trat sie alsbald mit frischem Mut und den heitersten Hoffnungen an.

Wundert euch aber nur nicht, ihr Menschen, wenn es dann immer ganz anders kommt, als man gemeint hat. Die tückische Macht, die lauert, uns zu verderben, singt ihr auserkornes Opfer gern mit süßen Liedern und goldnen Märchen in den Schlaf. Dagegen pocht der rettende Himmelsbote oftmals scharf und erschreckend an unsre Tür.

Sie waren die ersten Tage ihrer Donaufahrt hindurch außerordentlich vergnügt gewesen. Es ward auch alles immer besser und schöner, so wie sie den stolzen, flutenden Strom weiter hinunterschifften. Aber in einer sonst höchst anmutigen Gegend, von deren erfreulichem Anblick sie sich die beste Freude versprochen hatten, fing der ungebändige Kühleborn ganz unverhohlen an, seine hier eingreifende Macht zu zeigen. Es blieben zwar bloß Neckereien, weil Undine oftmals in die empörten Wellen oder in die hemmenden Winde hineinschalt und sich dann die Gewalt des Feindseligen augenblicklich in Demut ergab; aber wieder kamen die Angriffe, und wieder brauchte es der Mahnung Undines, so daß die

Lustigkeit der kleinen Reisegesellschaft eine gänzliche Störung erlitt. Dabei zischelten sich noch immer die Fährleute zagend in die Ohren und sahen mißtrauisch auf die drei Herrschaften, deren Diener selbsten mehr und mehr etwas Unheimliches zu ahnen begannen und ihre Gebieter mit seltsamen Blicken verfolgten. Huldbrand sagte öfters bei sich im stillen Gemüte: »Das kommt davon, wenn gleich sich nicht zu gleich gesellt, wenn Mensch und Meerfräulein ein wunderliches Bündnis schließen.« – Sich entschuldigend, wie wir es denn überhaupt lieben, dachte er freilich oftmals dabei: »Ich hab es ja nicht gewußt, daß sie ein Meerfräulein war. Mein ist das Unheil, das jeden meiner Schritte durch der tollen Verwandtschaft Grillen bannt und stört, aber mein ist nicht die Schuld.« – Durch solcherlei Gedanken fühlte er sich einigermaßen gestärkt, aber dagegen ward er immer verdrießlicher, ja feindseliger wider Undinen gestimmt. Er sah sie schon mit mürrischen Blicken an, und die arme Frau verstand deren Bedeutung wohl. Dadurch und durch die beständige Anstrengung wider Kühleborns Listen erschöpft, sank sie gegen Abend, von der sanft gleitenden Barke angenehm gewiegt, in einen tiefen Schlaf.

Kaum aber, daß sie die Augen geschlossen hatte, so wähnte jedermann im Schiffe, nach der Seite, wo er grade hinaussah, ein ganz abscheuliches Menschenhaupt zu erblicken, das sich aus den Wellen emporhob, nicht wie das eines Schwimmenden, sondern ganz senkrecht, wie auf den Wasserspiegel grade eingepfählt, aber mitschwimmend, so wie die

Barke schwamm. Jeder wollte dem andern zeigen, was ihn erschreckte, und jeder fand zwar auf des andern Gesicht das gleiche Entsetzen, Hand und Auge nach einer andern Richtung hinzeigend, als wo ihm selbst das halb lachende, halb dräuende Scheusal vor Augen stand. Wie sie sich nun aber einander darüber verständigen wollten und alles rief: »Sieh dorthin, nein, dorthin!« – da wurden jedwedem die Greuelbilder aller sichtbar, und die ganze Flut um das Schiff her wimmelte von den entsetzlichsten Gestalten. Von dem Geschrei, das sich darüber erhob, erwachte Undine. Vor ihren aufgehenden Augenlichtern verschwand der mißgeschaffnen Gesichter tolle Schar. Aber Huldbrand war empört über so viele häßliche Gaukeleien. Er wäre in wilde Verwünschungen ausgebrochen, nur daß Undine mit den demütigsten Blicken und ganz leise bittend, sagte: »Um Gott, mein Eheherr, wir sind auf den Fluten; zürne jetzt nicht auf mich.« – Der Ritter schwieg, setzte sich und versank in ein tiefes Nachdenken. Undine sagte ihm ins Ohr: »Wär es nicht besser, mein Liebling, wir ließen die törichte Reise und kehrten nach Burg Ringstetten in Frieden zurück?« – Aber Huldbrand murmelte feindselig: »Also ein Gefangener soll ich sein auf meiner eignen Burg? Und atmen nur können, solange der Brunnen zu ist? So wollt ich, daß die tolle Verwandtschaft –« Da drückte Undine schmeichelnd ihre schöne Hand auf seine Lippen. Er schwieg auch und hielt sich still, so manches, was ihm Undine früher gesagt hatte, erwägend.

Indessen hatte Bertalda sich allerhand seltsam umschweifenden Gedanken überlassen. Sie wußte vieles von Undinens Herkommen und doch nicht alles, und vorzüglich war ihr der furchtbare Kühleborn ein schreckliches, aber noch immer ganz dunkles Rätsel geblieben, so daß sie nicht einmal seinen Namen je vernommen hatte. Über alle diese wunderlichen Dinge nachsinnend, knüpfte sie, ohne sich dessen recht bewußt zu werden, ein goldnes Halsband los, welches ihr Huldbrand auf einer der letzten Tagereisen von einem herumziehenden Handelsmann gekauft hatte, und ließ es dicht über der Oberfläche des Flusses spielen, sich halb träumend an dem lichten Schimmer ergötzend, den es in die abendhellen Gewässer warf. Da griff plötzlich eine große Hand aus der Donau herauf, erfaßte das Halsband und fuhr damit unter die Fluten. Bertalda schrie laut auf, und ein höhnisches Gelächter schallte aus den Tiefen des Stromes drein. Nun hielt sich des Ritters Zorn nicht länger. Aufspringend schalt er in die Gewässer hinein, verwünschte alle, die sich in seine Verwandtschaft und sein Leben drängen wollten, und forderte sie auf, Nix oder Sirene, sich vor sein blankes Schwert zu stellen. Bertalda weinte indes um den verlornen, ihr so innig lieben Schmuck und goß mit ihren Tränen Öl in des Ritters Zorn, während Undine ihre Hand über den Schiffesbord in die Wellen getaucht hielt, in einem fort sacht vor sich hin murmelnd und nur manchmal ihr seltsam heimliches Geflüster unterbrechend, indem sie bittend zu ihrem Eheherrn sprach: »Mein Herzlichlieber, hier schilt mich nicht. Schilt alles, was du willst, aber hier mich nicht. Du weißt ja!« – Und wirklich enthielt sich seine vor Zorn stammelnde Zunge noch jedes Wortes unmittelbar wider sie. Da brachte sie mit der feuchten Hand, die sie unter den Wogen gehalten hatte, ein wunderschönes Korallenhalsband hervor, so herrlich blitzend, daß allen davon die Augen fast geblendet wurden. »Nimm hin«, sagte sie, es Bertalden freundlich hinhaltend; »das hab ich dir zum Ersatz bringen lassen, und sei nicht weiter betrübt, du armes Kind.« – Aber der Ritter sprang dazwischen. Er riß den schönen Schmuck Undinen aus der Hand, schleuderte ihn wieder in den Fluß und schrie wutentbrannt: »So hast du denn immer Verbindung mit ihnen? Bleib bei ihnen in aller Hexen Namen mit all deinen Geschenken und laß uns Menschen zufrieden, Gauklerin du!« – Starren, aber tränenströmenden Blickes sah ihn die arme Undine an, noch immer die Hand ausgestreckt, mit welcher sie Bertalden ihr hübsches Geschenk so freundlich hatte hinreichen wollen. Dann fing sie immer herzlicher an zu weinen, wie ein recht unverschuldet und recht bitterlich gekränktes liebes Kind. Endlich sagte sie ganz matt: »Ach, holder Freund, ach, lebe wohl! Sie sollen dir nichts tun; nur bleibe treu, daß ich sie dir abwehren kann. Ach, aber fort muß ich, muß fort auf diese ganze junge Lebenszeit. O weh, o weh, was hast du angerichtet! O weh, o weh!«

Und über den Rand der Barke schwand sie hinaus. – Stieg sie hinüber in die Flut, verströmte sie darin, man wußte es nicht, es war wie beides und wie keins. Bald aber war sie in die Donau ganz verronnen; nur flüsterten noch kleine Wellchen schluchzend um den Kahn, und fast vernehmlich war's, als spräche sie: »O weh, o weh! Ach bleibe treu! O weh!« –

Huldbrand aber lag in heißen Tränen auf dem Verdecke des Schiffes, und eine tiefe Ohnmacht hüllte den Unglücklichen bald in ihre mildernden Schleier ein.

Von Huldbrands fürderm Ergehen

Soll man sagen, leider! oder zum Glück!, daß es mit unsrer Trauer keinen rechten Bestand hat? Ich meine, mit unsrer so recht tiefen und aus dem Borne des Lebens schöpfenden Trauer, die mit dem verlornen Geliebten so eines wird, daß er ihr nicht mehr verloren ist und sie ein geweihtes Priestertum an seinem Bilde durch das ganze Leben durchführen will, bis die Schranke, die ihm gefallen ist, auch uns zerfällt. Freilich bleiben wohl gute Menschen wirklich solche Priester, aber es ist doch nicht die erste, rechte Trauer mehr. Andre, fremdartige Bilder haben sich dazwischengedrängt, wir erfahren endlich die Vergänglichkeit aller irdischen Dinge sogar an unserm Schmerz, und so muß ich denn sagen: »Leider, daß es mit unsrer Trauer keinen rechten Bestand hat!«

Der Herr von Ringstetten erfuhr das auch; ob zu

seinem Heile, werden wir im Verfolg dieser Geschichte hören. Anfänglich konnte er nichts als immer recht bitterlich weinen, wie die arme, freundliche Undine geweint hatte, als er ihr den blanken Schmuck aus der Hand riß, mit dem sie alles so schön und gut machen wollte. Und dann streckte er die Hand aus, wie sie es getan hatte, und weinte immer wieder von neuem, wie sie. Er hegte die heimliche Hoffnung, endlich auch ganz in Tränen zu verrinnen, und ist nicht selbst manchem von uns andern in großem Leide der ähnliche Gedanke mit schmerzender Lust durch den Sinn gezogen? Bertalda weinte mit, und sie lebten lange ganz still beieinander auf Burg Ringstetten, Undines Andenken feiernd und der ehemaligen Neigung fast gänzlich vergessen habend. Dafür kam auch um diese Zeit oftmals die gute Undine zu Huldbrands Träumen; sie streichelte ihn sanft und freundlich und ging dann still weinend wieder fort, so daß er im Erwachen oftmals nicht recht wußte, wovon seine Wangen so naß waren; kam es von ihren oder bloß von seinen Tränen?

Die Traumgesichte wurden aber mit der Zeit seltner, der Gram des Ritters matter, und dennoch hätte er vielleicht nie in seinem Leben einen andern Wunsch gehegt, als so stille fort Undinens zu gedenken und von ihr zu sprechen, wäre nicht der alte Fischer unvermutet auf dem Schloß erschienen und hätte Bertalden nun alles Ernstes als sein Kind zurückgeheischt. Undinens Verschwinden war ihm kundgeworden, und er wollte es nicht länger zugeben, daß Bertalda bei dem unverehlichten Herrn auf der Burg verweile. – »Denn, ob meine Tochter mich lieb hat oder nicht«, sprach er, »will ich jetzt gar nicht wissen, aber die Ehrbarkeit ist im Spiel, und wo die spricht, hat nichts andres mehr mitzureden.«

Diese Gesinnung des alten Fischers und die Einsamkeit, die den Ritter aus allen Sälen und Gängen der verödeten Burg schauerlich nach Bertaldens Abreise zu erfassen drohte, brachten zum Ausbruch, was früher entschlummert und in dem Gram über Undinen ganz vergessen war: die Neigung Huldbrands für die schöne Bertalda. Der Fischer hatte vieles gegen die vorgeschlagne Heirat einzuwenden. Undine war dem alten Mann sehr lieb gewesen, und er meinte, man wisse ja noch kaum, ob die liebe Verschwundne recht eigentlich tot sei. Liege aber ihr Leichnam wirklich starr und kalt auf dem Grunde der Donau oder treibe mit den Fluten ins Weltmeer hinaus, so habe Bertalda an ihrem Tode mit schuld, und nicht gezieme es ihr, an den Platz der armen Verdrängten zu treten. Aber auch den Ritter hatte der Fischer sehr lieb; die Bitten der Tochter, die um vieles sanfter und ergebner geworden war, wie auch ihre Tränen um Undinen kamen dazu, und er mußte wohl endlich seine Einwilligung gegeben haben, denn er blieb ohne Widerrede auf der Burg, und ein Eilbote ward abgesandt, den Pater Heilmann, der in frühern glücklichen Tagen Undinen und Huldbranden eingesegnet hatte, zur zweiten Trauung des Ritters nach dem Schlosse zu holen.

Der fromme Mann aber hatte kaum den Brief des Herrn von Ringstetten durchlesen, so machte er sich in noch viel größerer Eile nach dem Schlosse auf den Weg, als der Bote von dorten zu ihm gekommen war. Wenn ihm auf dem schnellen Gange der Odem fehlte oder die alten Glieder schmerzten vor Müdigkeit, pflegte er, zu sich selber zu sagen: »Vielleicht ist noch Unrecht zu hindern; sinke nicht eher als am Ziele, du verdorrter Leib!« – Und mit erneuter Kraft riß er sich alsdann auf und wallte und wallte, ohne Rast und Ruh, bis er eines Abends spät in den belaubten Hof der Burg Ringstetten eintrat.

Die Brautleute saßen Arm in Arm unter den Bäumen, der alte Fischer nachdenklich neben ihnen. Kaum nun, daß sie den Pater Heilmann erkannten, so sprangen sie auf und drängten sich bewillkommend um ihn her. Aber er, ohne viele Worte zu machen, wollte den Bräutigam mit sich in die Burg ziehn; als indessen dieser staunte und zögerte, den ernsten Winken zu gehorchen, sagte der fromme Geistliche: »Was halte ich mich denn lange dabei auf, Euch in geheim sprechen zu wollen, Herr von Ringstetten? Was ich zu sagen habe, geht Bertalden und den Fischer ebensogut mit an, und was einer doch irgendeinmal hören muß, mag er lieber gleich so bald hören, als es nur möglich ist. Seid Ihr denn so gar gewiß, Ritter Huldbrand, daß Eure erste Gattin wirklich gestorben ist? Mir kommt es kaum so vor. Ich will zwar weiter nichts darüber sprechen, welch eine wundersame Bewandtnis es mit ihr gehabt haben mag, weiß auch davon nichts Gewisses. Aber ein frommes, vielgetreues Weib war sie, soviel ist außer allem Zweifel. Und seit vierzehn Nächten hat sie in Träumen an meinem Bette gestanden, ängstlich die zarten Händlein ringend und in einem fort seufzend: ›Ach, hind'r ihn, lieber Vater! Ich lebe noch! Ach, rett ihm den Leib! Ach, rett ihm die Seele!‹ – Ich verstand nicht, was das Nachtgesicht haben wollte; da kam Euer Bote, und nun eilt ich hierher, nicht zu trauen, wohl aber zu trennen, was nicht zusammengehören darf. Laß von ihr, Huldbrand! Laß von ihm, Bertalda! Er gehört noch einer andern, und siehst du nicht den Gram um die verschwundne Gattin auf seinen bleichen Wangen? So sieht kein Bräutigam aus, und der Geist sagt es mir: ›Ob du ihn auch nicht lässest, doch nimmer wirst du seiner froh.‹«

Die dreie empfanden im innersten Herzen, daß der Pater Heilmann die Wahrheit sprach, aber sie wollten es nun einmal nicht glauben. Selbst der alte Fischer war nun bereits so betört, daß er meinte, anders könne es gar nicht kommen, als sie es in diesen Tagen ja schon oft miteinander besprochen hätten. Daher stritten sie denn alle mit einer wilden, trüben Hast gegen des Geistlichen Warnungen, bis dieser sich endlich kopfschüttelnd und traurig aus der Burg entfernte, ohne die dargebotne Herberge auch nur für diese Nacht annehmen zu wollen oder irgendeine der herbeigeholten Labungen zu genießen. Huldbrand aber überredete sich, der Geistliche sei ein Grillenfänger, und sandte mit Tagesanbruch nach einem Pater aus dem nächsten Kloster, der auch ohne Weigerung verhieß, die Einsegnung in wenigen Tagen zu vollziehen.

Des Ritters Traum

Es war zwischen Morgendämmrung und Nacht, da lag der Ritter halb wachend, halb schlafend auf seinem Lager. Wenn er vollends einschlummern wollte, war es, als stände ihm ein Schrecken entgegen und scheuchte ihn zurück, weil es Gespenster gäbe im Schlaf. Dachte er aber sich alles Ernstes zu ermuntern, so wehte es um ihn her wie mit Schwanenfittichen und mit schmeichelndem Wogenklang, davon er allemal wieder in den zweifelhaften Zustand angenehm betört zurücketaumelte. Endlich aber mochte er doch wohl ganz entschlafen sein, denn es kam ihm vor, als ergreife ihn das Schwanengesäusel auf ordentlichen Fittichen und trage ihn weit fort über Land und See und singe immer aufs anmutigste dazu. – »Schwanenklang! Schwanengesang!« mußte er immerfort zu sich selbst sagen; »das bedeutet ja wohl den Tod?« – Aber es hatte vermutlich noch eine andre Bedeutung. Ihm ward nämlich auf einmal, als schwebe er über dem Mittelländischen Meer. Ein Schwan sang ihm gar tönend in die Ohren, dies sei das Mittelländische Meer. Und während er in die Fluten hinuntersah, wurden sie zu lauterm Kristalle, daß er hineinschauen konnte bis auf den Grund. Er freute sich sehr darüber, denn er konnte Undinen sehen, wie sie unter den hellen Kristallgewölben saß. Freilich weinte sie sehr und sah viel betrübter aus als in den glücklichen Zeiten, die sie auf Burg Ringstetten miteinander verlebt hatten, vorzüglich zu Anfang und auch nachher, kurz ehe sie die unselige Donaufahrt begannen. Der Ritter mußte an alle das sehr ausführlich und innig denken, aber es schien nicht, als werde Undine seiner gewahr. Indessen war Kühleborn zu ihr getreten und wollte sie über ihr Weinen ausschelten. Da nahm sie sich zusammen und sah ihn vornehm und gebietend an, daß er fast davor erschrak. »Wenn ich hier auch unter den Wassern wohne«, sagte sie, »so hab ich doch meine Seele mit heruntergebracht. Und darum darf ich wohl weinen, wenn du auch gar nicht erraten kannst, was solche Tränen sind. Auch die sind selig, wie alles selig ist dem, in welchem treue Seele lebt.« – Er schüttelte ungläubig mit dem Kopfe und sagte nach einigem Besinnen: »Und doch, Nichte, seid Ihr unsern Elementargesetzen unterworfen, und doch müßt Ihr ihn richtend ums Leben bringen, dafern er sich wieder verehelicht und Euch untreu wird.« – »Er ist noch bis diese Stunde ein Witwer«, sagte Undine, »und hat mich aus traurigem Herzen lieb.« – »Zugleich ist er aber auch ein Bräutigam«, lachte Kühleborn höhnisch, »und laßt nur erst ein paar Tage hingehn, dann ist die priesterliche Einsegnung erfolgt, und dann müßt Ihr doch zu des Zweiweibrigen Tode hinauf.« – »Ich kann ja nicht«, lächelte Undine zurück. »Ich habe ja den Brunnen versiegelt, für mich und meinesgleichen fest.« – »Aber wenn er von seiner Burg geht«, sagte Kühleborn, »oder wenn er einmal den Brunnen wieder öffnen läßt! Denn er denkt gewißt blutwenig an alle diese Dinge.« – »Eben deshalb«, sprach Undine und lächelte noch immer unter ihren Tränen, »eben deshalb schwebt er jetzt eben im Geiste über dem Mittelmeer und träumt zur Warnung dies unser Gespräch. Ich hab es wohlbedächtlich so eingerichtet.« – Da sah Kühleborn ingrimmig zu dem Ritter hinauf, dräuete, stampfte mit den Füßen und schoß gleich darauf pfeilschnell unter den Wellen fort. Es war, als schwelle er vor Bosheit zu einem Walfisch auf. Die Schwäne begannen wieder zu tönen, zu fächeln, zu fliegen; dem Ritter war es, als schwebe er über Alpen und Ströme hin, schwebe endlich zur Burg Ringstetten herein und erwache auf seinem Lager.

Wirklich erwachte er auf seinem Lager, und eben trat sein Knappe herein und berichtete ihm, der Pater Heilmann weile noch immer hier in der Gegend; er habe ihn gestern zu Nacht im Forste getroffen, unter einer Hütte, die er sich von Baumästen zusammengebogen habe und mit Moos und Reisig belegt. Auf die Frage, was er denn hier mache, denn einsegnen wolle er ja doch nicht, sei die Antwort gewesen: »Es gibt noch andre Einsegnungen als die am Traualtar, und bin ich nicht zur Hochzeit gekommen, so kann es ja doch zu einer andern Feier gewesen sein. Man muß alles abwarten. Zudem ist ja Trauen und Trauern gar nicht so weit auseinander, und wer sich nicht mutwillig verblendet, sieht es wohl ein.«

Der Ritter machte sich allerhand wunderliche Gedanken über diese Worte und über seinen Traum. Aber es hält sehr schwer, ein Ding zu hintertreiben, was sich der Mensch einmal als gewiß in den Kopf gesetzt hat, und so blieb denn auch alles beim alten.

Wie der Ritter Huldbrand Hochzeit hielt

Wenn ich euch erzählen sollte, wie es bei der Hochzeitfeier auf Burg Ringstetten zuging, so würde euch zumute werden, als sähet ihr eine Menge von blanken und erfreulichen Dingen aufgehäuft, aber darüberhin einen schwarzen Trauerflor gebreitet, aus dessen verdunkelnder Hülle hervor die ganze Herrlichkeit minder einer Lust gliche als einem Spott über die Nichtigkeit aller irdischen Freuden. Es war nicht etwa, daß irgendein gespenstisches Unwesen die festliche Geselligkeit verstört hätte, denn wir wissen ja, daß die Burg vor den Spukereien der dräuenden Wassergeister eine gefeite Stätte war. Aber es war dem Ritter und dem Fischer und allen Gästen zumute, als fehle noch die Hauptperson bei dem Feste und als müse diese Hauptperson die allgeliebte, freundliche Undine sein. Sooft eine Tür aufging, starrten aller Augen unwillkürlich dahin, und wenn es dann weiter nichts war als der Hausmeister mit neuen Schüsseln oder der Schenk mit einem Trunk noch edlern Weins, blickte man wieder trüb vor sich hin, und die Funken, die etwa hin und her von Scherz und Freude aufgeblitzt waren, erloschen in dem Tau wehmütigen Erinnerns. Die Braut war von allen die leichtsinnigste und daher auch die vergnügteste; aber selbst ihr kam es bisweilen wunderlich vor, daß sie in dem grünen Kranze und den goldgestickten Kleidern an der Oberstelle der Tafel sitze, während Undine als Leichnam starr und kalt auf dem Grunde der Donau liege oder mit den Fluten forttreibe ins Weltmeer hinaus. Denn seit ihr Vater ähnliche Worte gesprochen hatte, klangen sie ihr immer vor den Ohren und wollten vorzüglich heute weder wanken noch weichen.

Die Gesellschaft verlor sich bei kaum eingebrochner Nacht; nicht aufgelöst durch des Bräutigams hoffende Ungeduld, wie sonsten Hochzeitversammlungen, sondern nur ganz trüb und schwer auseinander gedrückt durch freudlose Schwermut und Unheil kündende Ahnungen. Bertalda ging mit ihren Frauen, der Ritter mit seinen Dienern, sich auszukleiden; von dem scherzend fröhlichen Geleit der Jungfrauen und Junggesellen bei Braut und Bräutigam war an diesem trüben Feste die Rede nicht.

Bertalda wollte sich aufheitern; sie ließ einen prächtigen Schmuck, den Huldbrand ihr geschenkt hatte, samt reichen Gewanden und Schleiern vor sich ausbreiten, ihren morgenden Anzug aufs schönste und heiterste daraus zu wählen. Ihre Dienerinnen freueten sich des Anlasses, vieles und Fröhliches der jungen Herrin vorzusprechen, wobei sie nicht ermangelten, die Schönheit der Neuvermählten mit den lebhaftesten Worten zu preisen. Man vertiefte sich mehr und mehr in diese Betrachtungen, bis endlich Bertalda, in einen Spiegel blickend, seufzte: »Ach, aber seht ihr wohl die werdenden Sommersprossen hier seitwärts am Halse?« – Sie sahen hin und fanden es freilich, wie es die schöne Herrin gesagt hatte, aber ein liebliches Mal nannten sie's, einen kleinen Flecken, der die Weiße der zarten Haut noch erhöhe. Bertalda schüttelte den Kopf und meinte, ein Makel bleib es doch immer. – »Und ich könnte es los sein«, seufzte sie endlich. »Aber der Schloßbrunnen ist zu, aus dem ich sonst immer das köstliche, hautreinigende Wasser schöpfen ließ. Wenn ich doch heut nur eine Flasche davon hätte!« – »Ist es nur das?« lachte eine behende Dienerin und schlüpfte aus dem Gemach. – »Sie wird doch nicht so toll sein«, fragte Bertalda wohlgefällig erstaunt, »noch heut abend den Brunnenstein abwälzen zu lassen?« – Da hörte man bereits, daß Männer über den Hof gingen, und konnte aus dem Fenster sehn, wie die gefällige Dienerin sie grade auf den Brunnen losführte und sie Hebebäume und andres Werkzeug auf den Schultern trugen. – »Es ist freilich mein Wille«, lächelte Bertalda; »wenn es nur nicht zu lange währt.« – Und froh im Gefühl, daß ein Wink von ihr jetzt vermöge, was ihr vormals so schmerzhaft geweigert worden war, schaute sie auf die Arbeit in den mondhellen Burghof hinab.

Die Männer hoben mit Anstrengung an dem großen Steine; bisweilen seufzte wohl einer dabei, sich erinnernd, daß man hier der geliebten vorigen Herrin Werk zerstöre. Aber die Arbeit ging übrigens viel leichter, als man gemeint hatte. Es war, als hülfe eine Kraft aus dem Brunnen heraus, den Stein emporbringen. – »Es ist ja«, sagten die Arbeiter erstaunt zueinander, »als wäre das Wasser drinnen zum Springborne worden.« – Und mehr und mehr hob sich der Stein, und fast ohne Beistand der Werkleute rollte er langsam mit dumpfem Schallen auf das Pflaster hin. Aber aus des Brunnens Öffnung stieg es gleich einer weißen Wassersäule feierlich herauf; sie dachten erst, es würde mit dem Springbrunnen ernst, bis sie gewahrten, daß die aufsteigende Gestalt ein bleiches, weißverschleiertes Weibsbild war. Das weinte bitterlich, das hob die Hände ängstlich ringend über das Haupt und schritt mit langsam ernstem Gange nach dem Schloßgebäu. Auseinander stob das Burggesind vom Brunnen fort, bleich stand, Entsetzens starr, mit ihren Dienerinnen die Braut am Fenster. Als die Gestalt nun dicht unter deren Kammern hinschritt, schaute sie winselnd nach ihr empor, und Bertalda meinte, unter dem Schleier Undinens bleiche Gesichtszüge zu erkennen. Vorüber aber zog die Jammernde, schwer, gezwungen, zögernd, wie zum Hochgericht. Bertalda schrie, man solle den Ritter rufen; es wagte sich keine der Zofen aus der Stelle, und auch die Braut selber verstummte wieder, wie vor ihrem eignen Laut erbebend.

Während jene noch immer bang am Fenster standen, wie Bildsäulen regungslos, war die seltsame

Wandrerin in die Burg gelangt, die wohlbekannten Treppen hinauf, die wohlbekannten Hallen durch, immer in ihren Tränen still. Ach, wie so anders war sie einstens hier umgewandelt! –

Der Ritter aber hatte seine Diener entlassen. Halb ausgekleidet, im betrübten Sinnen, stand er vor einem großen Spiegel; die Kerze brannte dunkel neben ihm. Da klopfte es an die Tür mit leisem, leisem Finger. Undine hatte sonst wohl so geklopft, wenn sie ihn freundlich necken wollte. – »Es ist alles nur Phantasterei!« sagte er zu sich selbst. »Ich muß ins Hochzeitbett.« – »Das mußt du, aber in ein kaltes!« hörte er eine weinende Stimme draußen vor dem Gemache sagen, und dann sah er im Spiegel, wie die Tür aufging, langsam, langsam, und wie die weiße Wandrerin hereintrat und sittig das Schloß wieder hinter sich zudrückte. »Sie haben den Brunnen aufgemacht«, sagte sie leise, »und nun bin ich hier, und nun mußt du sterben.« – Er fühlte in seinem stockenden Herzen, daß es auch gar nicht anders sein könne, deckte aber die Hände über die Augen und sagte: »Mache mich nicht in meiner Todesstunde durch Schrecken toll. Wenn du ein entsetzliches Antlitz hinter dem Schleier trägst, so lüfte ihn nicht, und richte mich, ohne daß ich dich schaue.« – »Ach«, entgegnete die Wandrerin, »willst du mich denn nicht noch ein einziges Mal sehn? Ich bin schön, wie als du auf der Seespitze um mich warbst.« – »O wenn das wäre!« seufzte Huldbrand; »und wenn ich sterben dürfte an einem Kusse von dir.« – »Recht gern, mein Liebling«, sagte sie. Und ihre Schleier schlug sie zurück, und himmlisch schön lächelte ihr holdes Antlitz daraus hervor. Bebend vor Liebe und Todesnähe neigte sich der Ritter ihr entgegen, sie küßte ihn mit einem himmlischen Kusse, aber sie ließ ihn nicht mehr los, sie drückte ihn inniger an sich und weinte, als wolle sie ihre Seele fortweinen. Die Tränen drangen in des Ritters Augen und wogten im lieblichen Wehe durch seine Brust, bis ihm endlich der Atem entging und er aus den schönen Armen als ein Leichnam sanft auf die Kissen des Ruhebettes zurücksank.

»Ich habe ihn totgeweint!« sagte sie zu einigen Dienern, die ihr im Vorzimmer begegneten, und schritt durch die Mitte der Erschreckten langsam nach dem Brunnen hinaus.

Wie der Ritter Huldbrand begraben ward

Der Pater Heilmann war auf das Schloß gekommen, sobald des Herrn von Ringstetten Tod in der Gegend kundgeworden war, und just zur selben Stunde erschien er, wo der Mönch, welcher die unglücklichen Vermählten getraut hatte, von Schreck und Grausen überwältigt, aus den Toren floh. – »Es ist schon recht«, entgegnete Heilmann, als man ihm dieses ansagte: »Und nun geht mein Amt an, und ich brauche keines Gefährten.« – Darauf begann er die Braut, welche zur Witwe worden war, zu trösten, sowenig Frucht es auch in ihrem weltlich-lebhaften Gemüte trug. Der alte Fischer hingegen fand sich, obzwar von Herzen betrübt, weit besser in das Geschick, welches Tochter und Schwiegersohn betroffen hatte, und während Bertalda nicht ablassen konnte, Undinen Mörderin zu schelten und Zauberin, sagte der alte Mann gelassen: »Es konnte nun einmal nicht anders sein. Ich sehe nichts darin als die Gerichte Gottes, und es ist wohl niemanden Huldbrands Tod mehr zu Herzen gegangen als der, die ihn verhängen mußte, der armen, verlaßnen Undine!« – Dabei half er die Begräbnisfeier anordnen, wie es dem Range des Toten geziemte. Dieser sollte in einem Kirchdorfe begraben werden, auf dessen Gottesacker alle Gräber seiner Ahnherrn standen und welches sie, wie er selbst, mit reichlichen Freiheiten und Gaben geehrt hatten. Schild und Helm lagen bereits auf dem Sarge, um mit in die Gruft versenkt zu werden, denn Herr Huldbrand von Ringstetten war als der letzte seines Stammes verstorben; die Trauerleute begannen ihren schmerzvollen Zug, Klagelieder in das heiter-stille Himmelsblau hinaufsingend, Heilmann schritt mit einem hohen Kruzifix voran, und die trostlose Bertalda folgte, auf ihren alten Vater gestützt. – Da nahm man plötzlich inmitten der schwarzen Klagefrauen in der Wittib Gefolge eine schneeweiße Gestalt wahr, tiefverschleiert, und die ihre Hände inbrünstig jammernd emporwand. Die, neben welchen sie ging, kam ein heimliches Grauen an, sie wichen zurück oder seitwärts, durch ihre Bewegung die andern, neben die nun die weiße

Fremde zu gehen kam, noch sorglicher erschreckend, so daß schier darob eine Unordnung unter dem Trauergefolge zu entstehen begann. Es waren einige Kriegsleute so dreist, die Gestalt anreden und aus dem Zuge fortweisen zu wollen, aber denen war sie wie unter den Händen fort und ward dennoch gleich wieder mit langsam-feierlichem Schritte unter dem Leichengefolge mitziehend gesehn. Zuletzt kam sie während des beständigen Ausweichens der Dienerinnen bis dicht hinter Bertalda. Nun hielt sie sich höchst langsam in ihrem Gange, so daß die Wittib ihrer nicht gewahr ward und sie sehr demütig und sittig hinter dieser ungestört fortwandelte.

Das währte, bis man auf den Kirchhof kam und der Leichenzug einen Kreis um die offene Grabstätte schloß. Da sah Bertalda die ungebetene Begleiterin, und halb in Zorn, halb in Schreck auffahrend, gebot sie ihr, von der Ruhestätte des Ritters zu weichen. Die Verschleierte aber schüttelte sanft verneinend ihr Haupt und hob die Hände wie zu einer demütigen Bitte gegen Bertalda auf, davon diese sich sehr bewegt fand und mit Tränen daran denken mußte, wie ihr Undine auf der Donau das Korallenhalsband so freundlich hatte schenken wollen. Zudem winkte Pater Heilmann und gebot Stille, da man über dem Leichnam, dessen Hügel sich eben zu häufen begann, in stiller Andacht beten wolle. Bertalda schwieg und kniete, und alles kniete, und die Totengräber auch, als sie fertiggeschaufelt hatten. Da man sich aber wieder erhob, war die weiße Fremde verschwunden; an der Stelle, wo sie gekniet hatte, quoll ein silberhelles Brünnlein aus dem Rasen, das rieselte und rieselte fort, bis es den Grabhügel des Ritters fast ganz umzogen hatte; dann rannte es fürder und ergoß sich in einen stillen Weiher, der zur Seite des Gottesackers lag. Noch in späten Zeiten sollen die Bewohner des Dorfes die Quelle gezeigt und fest die Meinung gehegt haben, dies sei die arme, verstoßene Undine, die auf diese Art noch immer mit freundlichen Armen ihren Liebling umfasse.

Die Nixe

An einem schönen, hellen Flusse, mitten im wilden Wald wohnte der junge Fischer Tobias, weitab von allen Menschen. Denn zu der nächsten Stadt hatte er zwei Stunden zu wandern, wenn er seine Fische dorthin zum Verkauf trug.

Er konnte sich aber von der alten Hütte nicht trennen, die sein Vater hier in der Wildnis gebaut hatte, da er in dem tiefen Wasser reichlicheren Fang machte, als weiter unten, am Fluß, wo der Wald sich lichtete und die Gegend wohnlicher war. Beide Eltern waren vor mehreren Jahren gestorben, als der Sohn kaum den Knabenschuhen entwachsen war. Da hatten sich gute Leute in der Stadt des Verwaisten annehmen wollen. Er aber hatte sich eigensinnig dagegen gewehrt und, so übel es anfangs gehen wollte, sein einsames Wesen fortgetrieben, die Netze gestellt und den Überfluß, den er nicht zu seiner eigenen Nahrung brauchte, am Freitag jeder Woche in die Stadt geliefert. Dagegen tauschte er dann etwas Brot und Salz und Butter ein und das Wenige, was er etwa an Kleidern und Schuhen brauchte. Denn er ging am liebsten barfuß, und in seinem Walde begnügte er sich mit einem groben Hemd und einer leinenen Hose, die nur bis zu den Knien reichte. Zur Winterszeit oder auf seinen Stadtgängen fuhr er in ein altes Wams, das er vom Vater her noch besaß, und breitete auf dem dürftigen Lager, das mit den Jahren immer zerrissener und härter wurde, eine derbe Decke aus Ziegenfellen über seine jungen Glieder.

Von seinen Eltern war er weder zur Schule angehalten noch irgend sonst unterrichtet worden, also daß er mit seinen zwanzig Jahren von Gott und der Welt nicht viel wußte, auch kein Verlangen trug zu irgendeiner Wissenschaft über sein Tagewerk hinaus. Auf dieses aber verstand er sich meisterlich und zog seine Netze selten heraus, ohne daß es darin von den schönsten Fischen zappelte.

Dann konnte er auch stundenlang an einer lichten Stelle am Ufer sitzen, wo der Fluß tiefer ins Land hereintrat und eine kleine Bucht gebildet hatte. Hier war die Welle wie in einem Hafen zur Ruhe gekommen und lag ganz still mit einer blanken, spiegelnden Fläche, so daß man bis zum Grunde hinabschauen konnte. Sich dahinein zu versenken, sei es zum Bade mit dem ganzen Leibe, oder mit seinen Gedanken – wenn Träumereien eines ungelehrten Wildlings für solche gelten konnten – war ihm in seinen müßigen Stunden ein Zeitvertreib, der keine Langeweile aufkommen ließ.

Doch fehlte es auch nicht ganz an einem anderen.

Etwa zwei oder drei Bolzenschüsse von seiner

Hütte entfernt hauste ein alter Einsiedler, mit dem unser junger Fischer einen kleinen nachbarlichen Verkehr unterhielt. Schon vor hundert Jahren hatte ein anderer Waldbruder diese Stelle im Föhrendickicht sich zu einer frommen Siedelei erwählt, mit großer Mühe aus weit herbeigeschleppten Steinen ein Kapellchen errichtet, daneben ein Blockhäuschen an einen Felsen gelehnt und ringsumher den Wald so weit ausgerodet, daß für einen kleinen Gemüsegarten Luft und Sonne gewonnen wurde. Mit dem Tode dieses Biedermanns war die fromme Gründung in einigen Verfall geraten. Bis – ungefähr um die Zeit, wo die Eltern des Tobias sich hier ansiedelten – ein neuer Weltflüchtling sich der herrenlosen Besitzung annahm, die Kapelle vorm Zusammensturz rettete, die Hütte ausflickte und das verwahrloste Gärtchen neu anpflanzte.

Es war dies ein ehemaliger Kriegsmann, der bei seinen vielen Fahrten und Abenteuern im Gold großer Herren wohl manches Blutige und Gottlose begangen hatte, das auf seine alten Tage ihm das Gewissen ängstigte. Also war er in einen Mönchsorden eingetreten als Pater Peregrinus – die Tonsur hatte ihm schon die Zeit geschoren, da sein mächtiger Schädel blank und glatt war wie die Kugel der Fortuna –, hatte es aber unter den beständig in dumpfen Zellen hockenden oder in der Kirche psalmodierenden Klosterbrüdern nicht lange ausgehalten, sondern war der geistlichen Haft entsprungen, um sein gottseliges Büßerleben wenigstens in freier Luft zu führen.

Die Siedelei am Flusse aber hatte ihn schon um deswillen gelockt, weil in der Stadt jenseits des Waldes das einzige Menschenkind lebte, das ihm von aller Welt noch angehörte, ein ganz junges Mägdlein, die Tochter seines einzigen Kindes, das er damals nach dem Tode der Mutter sträflich verlassen hatte, um sich seinem Hang nach einem wilden Kriegsleben hinzugeben. Diese seine Enkelin hatte er, als er endlich wieder in seiner Heimat sich umsah, im Dienst bei einer Schneiderswitwe gefunden, wo sie alle häusliche Arbeit versah, dazu die Kinder hütete, und dann oft bis in die Nacht hinein an der Näharbeit helfen mußte. Das gute, muntere Kind hätte sich nichts Besseres verlangt, als dieser Frone entledigt zu werden, zum Großvater zu kommen und ihn bis an sein seliges Ende zu versorgen. Der Alte aber war dermaßen in seinen Büßerberuf verbissen, daß er sich von dem artigen Geschöpf kurz abwandte und höchstens ihm gestattete, zweimal im Jahre ihn in seiner Siedlerhütte zu besuchen, zu Weihnacht und an seinem Namenstage. Da er sich aller Üppigkeiten und Wollüste streng enthielt, seine Nahrung nur aus dem Gemüsebau zog und kaum freitags sich ein paar Fische vergönnte, durfte ihm das Kind, das ihm gern all sein Erspartes hingegeben hätte, bei diesen Besuchen auch keine kostbareren Geschenke machen, als etwa ein neues Hemd, ein Säckchen mit Gemüsesamen oder eine Tüte mit Schnupftabak, die einzige sündhafte Leidenschaft, der er nicht ganz zu entsagen vermochte.

Doch freilich – noch eine andere Schwachheit war ihm aus seinem Lagerleben nachgegangen, die Lust am Würfel- und Kartenspiel. Da es ihm aber nicht mehr um schnöden Geldgewinn dabei zu tun war, hielt er es nicht für einen Bruch seines Gelübdes, an den langen dunklen Winterabenden ein Päckchen unsäuberlicher und halbzerfetzter Spielkarten zu seinem jungen Nachbarn hinüberzutragen und beim Schein des Herdfeuers ihn in die Geheimnisse verschiedener Landsknechtsspiele einzuweihen.

Außer dieser bescheidenen Unterhaltung, bei der sich der Alte oft erbärmlich wand und wehrte gegen die Versuchung, in lästerliches Fluchen auszubrechen, fand aber zwischen den beiden Nachbarn kein weiterer Verkehr statt. Denn auch das Fischgericht an den Freitagen lieferte der Jüngling schweigend in der Siedlerhütte ab und nahm dagegen die Handvoll Rüben oder zwei Kohlhäupter in Empfang, die der Alte ihm in das Netz steckte. Denn dieser hütete sich wohl, den Sinn des unverdorbenen Knaben durch die Erzählung seiner bunten Kriegsläufte zu vergiften, oder ihm gar von seinen böslichen Streichen mit allerlei Weibern zu berichten. Im stillen verwunderte er sich, daß ein so frisch aufgewachsener junger Mensch in seinen Saftjahren nicht das geringste Verlangen zeigte, sich etwas liebliches Langzöpfiges in der einsamen Hütte zuzugesellen. Denn auch bei seinen Marktgängen in die Stadt schien er mit gesenkten Augen an allem, was Weiberröcke trug, vorbeizugehen, da er nie von einem zärtlichen Abenteuer zu erzählen wußte. Und als der Alte ihn ein einziges Mal gefragt hatte, ob er nicht dem Beispiel seines Vaters folgen und eine gute Frau heimführen wolle, hatte er mit über und über erglühendem Gesicht hastig erwidert: »Diejenige werde er für blöden Geistes halten, die einem unwissenden Tölpel, wie er, zuliebe ihr junges Leben in dieser Wildnis vergraben möchte.«

So hatten die beiden ungleichen Nachbarn mehrere Jahre nebeneinander hingelebt, als eines Frühlingsabends, da der Alte sich eben nach seinem täglichen Pensum an Vaterunser- und englischen Gruß-Gebeten auf sein Strohlager werfen wollte, der Jüngling noch an seine Tür pochte.

Er sagte mit einigem Stocken und Stammeln, daß er komme, dem heiligen Manne eine Beichte abzulegen und zugleich seinen Rat zu erbitten. Als sie nun miteinander auf dem Bänklein vor der Hütte sich niedergelassen hatten und rings im Walde kein Laut sich rührte, nur unfern von ihrem Sitz der Fluß, der mit leisem Rauschen vorüberzog, hub der Jüngling in großer Beklommenheit an, er glaube, er habe sich verliebt, wenn anders man einen Zustand so nennen müsse, wo man beständig eine einzige weibliche Person vor Augen habe und nichts anderes wünsche, als selbige in seinen Besitz zu bringen. – Mit diesen Worten habe er das Wesen der Verliebtheit treffend bezeichnet, erwiderte der Alte, indem er sich seine wenigen dünnen Härchen am Hinterkopf kraute und dann tiefsinig seinen langen, grauen Bart strich. »Hierbei aber«, fuhr er fort, »sei keine Sünde, da der Herrgott selbst zu seinen weisen Zwecken diese Einrichtung getroffen habe.« Auch des Tobias Vater habe etwas Ähnliches in sich gespürt, als er seine nachmalige Frau, des Tobias Mutter, kennengelernt. – »Da sei nur leider ein Unterschied!« bemerkte der Jüngling mit einem Seufzer. Seine Mutter sei die christlich getaufte Tochter christlicher Eltern gewesen. Die es aber ihm angetan, sei nie getauft worden, ja schlimmer als ein Heidenkind, da sie nicht einmal eine Seele habe. – Was er da für Torheit rede! Eine Seele hätten ja, wie manche Kirchenväter behaupteten, sogar die unvernünftigen Tiere, wenn auch keine unsterbliche. – Hiervon wisse er nichts, aber seine Mutter habe ihm erzählt, die Wasserweibchen und Nixen hätten keine Seele und könnten einer solchen nur teilhaftig werden, wenn sie einen Menschen liebten und der sie wieder liebe und zu seinem ehelichen Weibe mache. Und da er sich nun in ein solches Fabelwesen vernarrt habe und darauf verzichten müsse, sich eine richtige Frau mit rotem Menschenblut in dieser Wildnis beizugesellen, denke er allen Ernstes daran, die Nixe trotz ihres Fischblutes heimzuführen, falls der Pater ihm nicht sage, daß er dadurch sein ewiges Heil verscherzen würde.

Der gute Alte, der zwar die niederen Weihen empfangen, von den höheren kanonischen Gesetzen aber kaum einen dunklen Begriff hatte, geriet in eine peinliche Verlegenheit. Nachdem er lange gesonnen und durch beharrliches Krauen aus seinem Schädel keine sonderliche Erleuchtung herausgelockt hatte, verfiel er auf eine ausweichende Antwort, indem er sagte: »Zum Heiraten, lieber Sohn, gehören allemal zwei, auch bei so ungleicher Paarung, wie du sie im Sinne hast. Wie kannst du glauben, dem Wasserwesen werdest du eine Seele in die schuppige Brust einpflanzen, da du nicht weißt, ob es die Bedingung deiner guten Mutter erfüllt und dich wiederliebt?«

»Oh«, versetzte Tobias noch tiefer errötend, »was seinem hübschen, trübsinnigen Gesicht besonders gut stand, hierfür habe ich sichere Zeichen. Ihr müßt nämlich wissen, ehrwürdiger Vater, daß ich schon oft, wenn ich meinen Nachen stromaufwärts lenkte, um oberhalb unter den Stromschnellen die Reusen zu legen, unter mir in der hellen Flut eine schöne, schlanke Nixengestalt habe schwimmen sehen, die zu mir emporschaute und mir zublinzelte. Ich sah auch, daß sie gar keine Schuppenhaut um die Brust hat, sondern bis zum halben Leibe gebildet ist, wie ein menschliches Fräulein, das heißt, wie ich mir's denke; denn ich selbst habe ein solches nur in seinem Gewande gesehen. Sie gefiel mir aber ausnehmend. Auch die untere Hälfte ging nicht in einen Fischschwanz aus, sondern zwei natürliche Beine ruderten flink durch das tiefe Wasser, nur hie und da glänzte es daran wie silbergrüne Schüppchen, und die Füße – ja freilich, die waren wie Entenfüße gestaltet. Sie hatte ein so eigenes Lächeln auf den Lippen, daß mir das Herz vor Sehnsucht entbrannte, sie heraufzuholen. Doch immer, wenn ich ihr winkte und mit dem Ruder nach ihr langte oder ein Netz auswarf, zog sie die Brauen feindselig zusammen und schoß in die dunkle Tiefe, daß sie meinem Blick entschwand.«

»Woraus du sehen kannst, mein Sohn, daß sie dir nicht wahrhaft geneigt ist. Obwohl freilich auch zuweilen Menschinnen, die man heranlockt, sich zuerst spröde stellen. Einem schlichten Wassergeschöpf aber traue ich dergleichen verschmitzte Tücken und Ränke nicht zu. Und darum ist's besser«, sagte der Alte, »du schlägst dir diese Verirrung aus dem Kopf.«

»Ich habe es wohl versucht«, seufzte der Jüngling, »aber es war mir unmöglich. Und denkt, gestern, als ich am Ufer sitze und auf meiner Rohrpfeife ein Stücklein blase, taucht sie kaum zwanzig Schritt von mir aus dem Wasser auf, schwingt sich auf einen Weidenstumpf, schlägt die Arme unter der weißen Brust zusammen und blickt beständig horchend zu mir hinüber. Zuletzt fängt sie an, aus Schilf und Wiesenblumen sich einen Kranz zu flechten, den setzt sie sich auf den Kopf, von dem die schwarzen Haare ihr weit bis an die Hüften über die Schultern fallen, und dann wiegt sie die Arme gegen mich und lacht über das ganze Gesicht. Als ich aber sacht aufstehe, um zu ihr hinzugehen, runzelt sie wieder finster, fast wie wenn sie mich bedrohte, die Stirn reißt sich den Kranz von der Stirn, und gleitet in den Fluß zurück, wie ein großer Fisch, der sich aus dem Netz gewunden hat. Den Kranz aber hab' ich aufgehoben, und hier ist er.«

Er zeigte jetzt das seltsame kunstlose Gewinde dem Alten, der es kopfschüttelnd betrachtete, daran roch und dann wie etwas, das aus der Hölle stamme, auf die Erde warf.

»Du siehst, lieber Sohn«, sagte er, »sie will sich nicht fangen lassen. Mag sein, daß du ihr wohl gefällst, wie du ja auch ein stattlicher Bursch bist und einem solchen Teufelsweibe wohl einleuchten magst. Aber auf eine ehrbare eheliche Verbindung steht ihr der Sinn gewißt nicht, und da ich nur zu oft erlebt habe, daß selbst richtige Evastöchter, die etwas von Schlangen- oder Nixenart an sich haben, einem guten Jungen große Not bereiten können und ihn doch nur an der Nase herumführen« – hierbei entrang sich ein tiefer Seufzer der eingeschrumpften Brust des ehemaligen Landsknechts –, »so kann ich dir nur väterlich raten, dir den ganzen Spuk, hinter dem eine höllische List des Erzversuchers steckt, aus dem Sinn zu schlagen und doch endlich einmal dein Glück bei einem richtigen Menschenkinde zu versuchen.«

Hiermit stand der Alte auf, zog die Kutte fester um seine Glieder, da ihn in der späten Nachtluft fröstelte, gab dem Jüngling seinen Segen und zog sich in die dunkle Hütte auf sein Lager zurück.
Tobias aber fand so bald keinen Schlaf. Er wälzte sich auf seinem harten Bette hin und her und grübelte darüber nach, wie er der schönen Undine habhaft werden könne. Denn er zweifelte nicht, wenn er sie erst in seiner Macht und sie ihn näher ken-

nengelernt und gesehen hätte, was für ein harmloser Mensch er sei und wie gut er sie halten würde, könne sie in ihrer Sprödigkeit unmöglich verharren, und dann werde sich auch mit der Zeit die Seele bei ihr einfinden, die einer christlichen Ehefrau unentbehrlich ist.
Zuletzt, da es schon gegen das Frührot ging, hatte er einen Einfall, der ihm ungemein schlau und hoffnungsvoll schien. Nach dieser glücklichen Eingebung schlief er beruhigt noch eine Stunde und ging dann sofort daran, seinen Anschlag auszuführen.

Er verfertigte nämlich ein großes längliches Netz aus den stärksten Schnüren, die er besaß, weit genug, einen Fisch von fünf Fuß Länge darin zu fangen. Am Ende desselben befestigte er ein Stück Spiegelglas, zwei Handbreit im Geviert, vor welchem seine gute Mutter ihr dünnes Zöpfchen geflochten hatte. Das war so künstlich angebracht, sobald jemand im Netz daran stieß, fiel eine Klappe zu, die den Eingang fest verschloß. Damit aber die Gefangene sich nicht etwa befreien könnte, indem sie die Maschen des Netzes durchbiß, umgab er die ganze riesige Nixenfalle mit festen Drahtreifen und trug sein Kunstwerkchen, als es zu dämmern anfing, an die kleine Bucht hinab, wo er den langen Stecken, an dem das Netz hing, sorgfältig mit großen Steinen beschwert am Ufer befestigte.

So erwartete er in glühender Ungeduld den anderen Morgen.

Als er dann aber mit klopfendem Herzen beim

ersten Tagesschein nach dem Flusse ging, sah er schon von weitem, wie die Stange sich bog und bebte, ein Zeichen, daß etwas ins Netz gegangen war und zappelte, um sich zu befreien. Und dann erblickte er wirklich in dem langen durchsichtigen Gestrick den weißen Leib des gefangenen Schätzchens, das richtig, wie er gehofft, an den Köder angebissen hatte und in die Falle gegangen war, um seine neugierige Lust zu büßen und in dem Spiegelchen sich besser zu beschauen, als bisher in dem unruhig fließenden Wasser möglich gewesen war.

Sehr erfreut und doch ein wenig beklommen lud er sich das schwere Netz auf die Schulter, ohne der Wutblicke und des grimmigen Zähnefletschens zu achten, mit denen die Überlistete ihn begrüßte. Auch hatte er Mühe, den Fang in Sicherheit zu bringen, da die Wilde in ihrem Maschenkäfig sich wie rasend gebärdete und so gefährlich krallte und stieß, immer ganz lautlos, daß er alle Kraft aufbieten mußte, sie von der Stelle zu schaffen.

In seiner Hütte angelangt, schob er aufatmend den Riegel vor, ließ das Netz auf den Boden nieder und öffnete den Verschluß. Sofort schlüpfte die Nixe heraus, richtete sich auf und versuchte, hastig auf ihren Entenfüßen herumwatschelnd, an den vier Wänden entlang einen Ausweg zu finden. Doch auch die hintere Tür, die in einen Schuppen führte, war verschlossen, und mit dem Brauch eines Riegels war sie nicht vertraut. Zwei kleine schmale Fenster, bei Nacht mit Holzläden verschlossen, erleuchteten den weiten Raum, in welchem durch eine Bretterwand ein Verschlag für die Lagerstätte abgezäunt war. Diese Luftöffnungen aber, zu denen sie sich hinaufklammerte, waren zu schmal, um selbst ihren geschmeidigen Leib durchzulassen. Also ward sie nach einiger Zeit des vergeblichen Irrens und Tobens müde und ließ sich mit einem sonderbaren Zischen zwischen den zusammengebissenen Zähnen auf einer alten Truhe nieder, die im dunkelsten Winkel des Gemaches stand, die Arme unter der Brust gekreuzt, aus den Augen argwöhnische Blicke herumschießend, während ihr Atem flog und sie am ganzen Leibe zitterte.

Ihr junger Räuber hatte, mitten im Zimmer stehend, ihrem verzweifelten Rundlauf und dem Rütteln an den festen Türen zugeschaut und fing jetzt an, ihr freundlich zuzusprechen, daß sie zwar gefangen sei, er aber nichts Böses gegen sie vorhabe, vielmehr einzig von Sehnsucht nach ihr getrieben sie in seine Gewalt gebracht habe. Er hoffe, wenn sie den ersten Schrecken verwunden, werde sie sich darein zu finden, seine Gefährtin zu bleiben, und mit der Zeit auch eine Seele bekommen, so daß zu ihrem Glück dann nichts mehr fehlen werde.

Während sie ihm, ohne sich zu rühren, zuhörte, scheinbar durch seine sanfte Stimme ein wenig gebändigt, konnte er sie mit aller Muße betrachten und fand sie nun noch reizender und freilich auch seltsamer gebildet, als sie ihm von fern erschienen war. Ihr Gesicht war bis auf die etwas geschlitzten

Augen und den breiten Mund, aus dem kleine, spitze Hechtzähne vorschimmerten, ganz anmutig und wie eines Mädchens von sechzehn Jahren, die Öhrchen aber ausgefranst und sehr beweglich, wie auch das gerade, stumpfe Näschen bei jeder Erregung mit den blassen Flügeln zitterte. Vom Kinn abwärts war's ein tadellos gewachsener, voll ausgereifter Frauenleib, die Arme sehr rund und die Hände schlank und weiß, die Finger aber durch blaßrote Schwimmhäutchen verbunden. Doch glichen die Hände, wenn sie geschlossen waren, immerhin noch zierlichen Frauenhänden, während die Füße in der Tat richtige Entenfüße waren, und die schlanken Beine von grünlichen Silberschuppen glänzten.

Ob sie seinen tröstlichen Zuspruch verstand, war aus ihrer Miene nicht zu erkennen, und da ihr Zwingherr einsah, daß er am klügsten täte, sie eine Weile sich selbst zu überlassen, wandte er sich dem Herde zu, seine Morgensuppe zu kochen, wozu er ein wenig Mehl und Butter in ein Pfännchen tat.

Inzwischen hatte sich sein Kätzchen, das beim ersten Anblick des fremden Gastes entsetzt auf einen hohen Schrank geflüchtet war, von der Harmlosigkeit des nackten Fräuleins überzeugt und war sacht wieder herabgekommen, mit erhobenem Schweif und leisem Schnurren die seltsame Erscheinung umschleichend. Zuletzt ermutigte es sich so weit, daß es auf die schuppigen Knie hinaufsprang. Aber ein Stoß mit beiden Händen belehrte es, daß man von solchen Vertraulichkeiten nichts wissen wolle. So zog es sich prustend und den Bart sträubend in sein Winkelchen zurück.

Indessen hatte Tobias ein kleines Feuer angezündet und rührte gedankenvoll in dem brodelnden Süppchen herum, als plötzlich hinter ihm eine weiße Hand über den Herd weglangte und er einen eigentümlichen Laut wie von behaglichem Staunen vernahm. Sich umwendend sah er, daß die Nixe, von dem ungewohnten Anblick des Feuers gelockt, sich herangeschlichen hatte, das flackernde rote Wunder in der Nähe zu sehen. Und wie Kinder nach allem greifen, was ihnen gefällt, wollte sie nun die Flammen packen, zog aber mit einer Schmerzensgebärde und einem Zucken des ganzen Leibes die verbrannten Finger zurück und schnellte, da er sie beruhigend umfangen wollte, von ihm weg wieder auf ihre Truhe, wo sie die schmerzenden Finger in den Mund steckte und blasend und zischend daran sog.

Er hatte nun seine Morgensuppe fertig gekocht und stellte sie auf den Tisch, der mitten in der Hütte stand. Als sie sich hinlänglich verkühlt hatte, schöpfte er einen tiefen Löffel voll und trug ihn der stummen Gesellin hin. Er hatte aber kaum ihre Lippen damit berührt, so schlug sie ihm den Löffel aus der Hand und feixte ihn so feindselig an, daß er sich kopfschüttelnd zurückzog.

Nun überlegte er, während er aß, was er anfangen sollte, um ein freundlicheres Verhältnis zwischen ihnen herzustellen.

Zuletzt fiel ihm ein, daß es geraten sein würde, seinen geistlichen Nachbar zu Hilfe zu rufen. Von dem wußte er, daß er sich auch auf alles Weiberwesen besser verstand als er, und wenn in dem seelenlosen Geschöpf etwa gar ein Teufel steckte, selbigen auch auszutreiben wissen werde. Also sagte er kein Wort weiter, sondern verließ die Hütte, die er sorgfältig von außen versperrte, und lief zu dem Alten hinüber, den er in dem Kapellchen bei irgendeiner selbstauferlegten, gemächlichen Bußübung fand. Er berichtete ihm seine gelungene List zugleich seine Verlegenheit, die gemachte Beute wirklich in seine Gewalt zu bringen. Es scheine ein böser Geist in ihr zu wohnen, den der ehrwürdige Pater beschwören möge.

Hierzu war der alte Kriegsmann, der am liebsten den Teufel bei den Hörnern faßte, durchaus willig, schon aus Neugier, das Fabelwesen, an das er so recht nicht geglaubt hatte, leibhaftig vor sich zu sehen. Holte also das einzige lateinische Buch, das er aus dem Kloster mitgenommen und von dem er kein Wort verstand, aus seiner Hütte, zugleich einen Weihwedel und ein Kübelchen mit geweihtem Wasser und folgte dem Jüngling nach der Fischerhütte.

Als er den glatten, blanken Leib des Flußweibchens gewahrte, begriff er wohl, wie sein junger Freund sich von diesem Anblick hatte betören lassen. Sie grinste ihn aber erst ingrimmig an, und dann, seinen Kahlkopf und die schwere Kutte betrachtend, brach sie in lautloses, doch so unverkennbar höhnisches Gekicher aus, daß der Alte, der sich immer noch für einen ganz ansehnlichen Mann hielt, in seiner gekränkten Eitelkeit heftig ergrimmte und nun anfing, aus dem lateinischen Buche vorzulesen, was er für eine Bannformel hielt, obwohl es nur eine Aufzählung verschiedener Länder- und Meeresnamen war, da das Buch eine Art Orbis piktus enthielt. Zugleich tauchte er den Wedel in das geweihte Wasser und besprengte Gesicht und Brust des Heidenmägdleins, das sich auf seiner Truhe diesen feuchten Gruß wohlgefallen ließ und behaglich mit der Zunge schnalzte. Schon glaubte der fromme Beschwörer, etwas ausgerichtet und den bösen Feind in ihr gezähmt zu haben, als sie plötzlich mit beiden Händen ihm den Kübel entriß, ihn bis auf den letzten Tropfen austrank und das Gefäß dem Alten dann vor die Füße schleuderte.

Hierin erblickte der Mann Gottes eine freche Verhöhnung des Heiligsten, donnerte ihr ein Apage, Satanas! ins Gesicht und verließ eilends die Hütte. Tobias lief ihm nach, zu fragen, was er von dem Erlösungswerk und der ganzen seltsamen Person denke, ob sie ihm nicht auch der Mühe wert scheine, allen Fleiß an ihre Bekehrung zu wenden. Der Alte aber erwiderte: »Daß sie den Teufel im Leibe hat, ist gewiß. Selbigem bin ich in jungen Jahren auch mehr als einmal in einer üppigen Weibsgestalt begegnet und weiß, daß mit ihm nicht gut Kirschen essen ist. Jedennoch sieht sich die Sache glimpflicher an, wenn solch ein vom Bösen besessenes Geschöpf auf natürlichen Menschenfüßen wandelt. Dein Schätzchen aber mit seinen Schwimmhäuten solltest du dir je eher, je lieber wieder vom Halse schaffen. Auch wenn mit der Zeit die sogenannte Seele sich einfinden sollte, was Gescheites kommt bei eurer Ehe doch nicht heraus; sie hat nichts gelernt von all den häuslichen Künsten, die eine gute Frau verstehen muß, um ihrem Manne das Leben leicht und lieblich zu machen, und wenn sie Kinder zur Welt bringt, so werden sie weder Fisch noch Fleisch sein und sich mühselig durchs Leben helfen.«

Damit verließ er seinen jungen Nachbar, der mit gesenktem Kopf in sein Haus zurückging. Er fand drinnen alles, wie er es verlassen hatte; die hellen, scharfen Augen seines Gastes folgten lauernd all seinen Bewegungen und schossen Blitze des Zorns und Hasses, als er sich auf sein Bette setzte und das große Netz, in das sie richtig vielfache Löcher gebissen hatte, auszubessern begann. Um sie zu beschäftigen, verfiel er auf den Gedanken, ihr den kleinen Spiegel in die Hand zu geben, mit dem er sie gefangen hatte. Damit traf er das Rechte. Denn nun saß sie ganze Stunden lang, lachte sich in ihrem Spiegelbilde an, fletschte die Zähne und schnitt die tollsten Gesichter. Alsdann lehnte sie die blanke, schon vielfach am Rücken beschädigte Scheibe gegen die Wand und beschäftigte sich damit, ihr langes, grünlich schimmerndes Haar zu flechten und in immer neuen Manieren aufzustecken. Das stand ihr nun wieder so seltsam anmutig, daß er ihr all ihr wildes Wesen verzieh und nichts sehnlicher wünschte, als sie sich ganz zu eigen zu machen.

Sie zu füttern, gelang ihm auch mittags so wenig wie bei seinem Frühstück. Den Kohl und die Rüben, die er ihr in den Mund steckte, spie sie mit heftigem Widerwillen aus. Nur ein Trunk Wasser aus seinem zinnernen Becher erquickte sie. Dann hob sie sich leise auf und ging nach dem Kätzchen, das auf dem Herde zusammengerollt lag und aus dem Traume spann. Sie wollte es haschen und als Spielzeug gebrauchen, ließ es sich aber entschlüpfen und stellte nun eine atemlose Jagd nach ihm an, rundum in der Hütte, da sie nur unbeholfen sich im Gehen bewegte. Bis das gejagte Tier seinen Vorteil ersah und zu einem der beiden Fensterchen hinaussprang. Da stand die Verfolgerin mit einem heftigen Zischen vor der schmalen Öffnung still, spie der Entsprungenen wütend nach und schien sie um ihre Freiheit zu beneiden.

Sie dauerte aber ihren Zwingherrn, wie sie dann wieder so still und geknickt auf ihrer Truhe saß. Da er nun auf keine andere Weise sich mit ihr unterhalten konnte, fiel ihm ein, auf seiner Rohrflöte ein wenig Musik zu machen, wovon sie sich ja als eine Liebhaberin gezeigt hatte. Und wirklich, schon bei den ersten Töne schien ein anderer Geist über sie zu kommen.

Sie begleitete die Weise mit leisem Neigen des Kopfes, indem sie im Takt mit den Füßen gegen die Truhe schlug, und dabei sah sie ihn zum erstenmal mit einem freundlichen Grinsen an. Das machte ihm Mut, sich ihr zu nähern, und als sie ruhig sitzen blieb, obwohl er sich dicht neben ihr niederließ, hüpfte ihm das Herz vor Freuden, da er glaubte, nun das Spiel gewonnen zu haben. Er blies immer sanfter und schmelzender und ließ endlich das Instrumentlein sinken. Sogleich griff sie danach und setzte es an ihren Mund. Als sie aber mit allem Hineinhauchen keinen Ton hervorlockte, schleuderte sie die Flöte zu Boden, daß die einzelnen Röhren sich lösten und das Band zerbrach.

Er zürnte ihr aber nicht. Er hatte den Arm sacht um ihren Nacken gelegt und mit der Hand ihre Schulter berührt. Die fühlte sich kühl und seltsam trocken an, wie ein glattes Leder, und so auch ihre Wange, auf die er einen flüchtigen Kuß zu drücken wagte. Sie sah sich rasch nach ihm um, nicht grollend, nur wie verwundert, was er für törichte Dinge treibe. Und als ob sie noch unter dem Zauber der Musik stünde, hob sich ihre Brust lebhafter, wie von einer sehnsüchtigen Regung geschwellt. Im nächsten Augenblick hatte sie sich dicht zu ihm hingeneigt und in seine Schulter, an der das Hemd sich verschoben, ihre scharfen Zähne eingegraben.

Das Blut sprang hervor und rieselte über das grobe Linnen. Sie aber bückte sich, mit ihrem rauhen, blaßroten Züngelchen die dunklen Tropfen aufzufangen, bis er sie heftig zurückstieß und von der Truhe aufspringend sie um den Leib faßte, mit ihr ringend wie mit einem Raubtier, das ihn überfallen hätte. Da er sehr stark war und sie wie in eine eiserne Klammer gespannt aufhob, konnte sie sich nicht wehren, nur mit ohnmächtigen Bissen in sein dichtes Haar und wildem Prusten und Fauchen, so daß er sie ohne Mühe in den finsteren Schuppen trug, zu dem er die Tür mit dem Ellenbogen aufklinkte.

Hier stand außer verschiedenem Gerät in der Mitte ein großer, tiefer Kübel voll frischem Wasser, in welchem er seine Fische lebendig aufbewahrte, bis er sie zum Verkauf in die Stadt trug. Sein Vater hatte klüglich die Einrichtung gemacht, daß von dem hellen Bächlein, das neben der Hütte nach dem Flusse zulief, eine Röhre Tag und Nacht die Welle in diesen Zuber leitete, aus dem sie durch eine zweite Röhre an der anderen Seite wieder abfloß, an beiden Seiten durch ein enges Drahtgitter geschlossen, das selbst das schmächtigste Fischlein nicht entschlüpfen ließ. In diesen hölzernen Behälter warf er die zappelnde und sich ohnmächtig windende Nixe und ließ sie dort in der Dunkelheit allein, in Gesellschaft der Fische, die in dem Zuber wimmelten. Dann verriegelte er hinter sich die Tür zu dem Schuppen. Denn seit sie Geschmack an Menschenblut gefunden, schien es ihm nicht ratsam, die Nacht über das Zimmer mit ihr zu teilen.

Lange aber konnte er keinen Schlaf finden. Er empfand ein Grauen vor dem Geschöpf, das er so sehnsüchtig zu besitzen gewünscht hatte, und überlegte, wie er es auf gute Art wieder loswerden könnte.

Doch schien ihm das nicht allzu schwer zu sein; er brauchte ihr, da sie sich ja in seinem Hause nicht wohl fühlte, nur Gelegenheit zu geben, aus ihrer

Haft wieder zu entschlüpfen. Also öffnete er früh am andern Morgen die Tür der Hütte und schob dann den Riegel des Schuppens zurück. Da sah er sie auf dem Rande des großen Fischbottichs sitzen, die Beine in das kühle Wasser hinabhängend, einen dicken Fisch in den Händen, den sie eben mitten durchgebrochen hatte und mit den spitzen Zähnen zu zerbeißen begann. Schon gestern abend schien sie an den Fischen, die sie umspielten, ihren Hunger gestillt zu haben und eben im Zuge zu sein, nun auch ihr Frühstück einzunehmen. Kopf und Schwanz hatte sie abgebissen und warf sie dem Kätzchen hin, das furchtsam herangeschlichen kam. Da es aber an gesottene und gebratene Kost gewöhnt war, beroch es die rohen Überbleibsel mit gerümpftem Näschen und schob sie dann mit der Pfote verächtlich zurück.

Die schmatzende und schluckende Gefräßige aber ließ sich in ihrem Schmausen nicht stören, lachte nur ihren Kerkermeister freundlich an und winkte ihm, während sie schon wieder aus dem Zuber einen Fisch herausgriff, mit der anderen Hand, als ob sie ihn einladen wollte, mitzuhalten und gleich ihr selbst an dem feuchten Tische sich's wohlsein zu lassen. Er sah nun mit Schrecken, daß sie sich aufs Dableiben eingerichtet und zugleich in seinem Fischvorrat eine so große Verheerung angerichtet hatte, daß für den Verkauf nur etliche schlechte Weißfische und Gründlinge übriggeblieben waren.

Da es nun aber ein Freitag war und er durchaus in die Stadt mußte, neue Wocheneinkäufe zu machen, lief er ans Ufer hinunter und fand dort in seinen Netzen genug frischen Fang, mit dem er sich dann belud, die Wanderung durch den Wald anzutreten. Als er zu seiner Hütte zurückkehrte, saß das Flußweibchen auf der Schwelle, den Spiegel vor sich, eifrig beschäftigt, ihr Haar zu strählen und wieder aufzustecken. Sie grinste ihn auch jetzt zutraulich an und nickte ihm zu, wie eine gute Hausfrau, die ihrem Manne zu verstehen gibt, er möge nur seinen Geschäften nachgehen, indessen werde sie ihm das Haus behüten.

Seufzend wandte er sich hinweg, mit einer schwachen Hoffnung, wenn sie ihn weit entfernt glaube, werde sie dennoch dem Triebe, sich in ihr richtiges Element zu flüchten, nicht widerstehen. Also ging er in unruhigen Gedanken nach der Stadt, handelte dort gegen seine schuppige Ware ein, was er für die Küche brauchte, und trat, ohne sich aufzuhalten, den Heimweg an.

Er hatte mit seinen langen Schritten bereits den halben Wald durchmessen, als er auf der schattigen Straße vor sich eine Mädchengestalt erblickte, die munter singend vor ihm herschritt. Er kannte nicht sogleich, daß es die Christel war, das Enkelkind des Pater Peregrin. Denn noch bei ihrem letzten Besuch in der Klausnerzelle, wo er sie von fern gesehen, war sie ihm als ein halbwüchsiges unreifes Ding erschienen, während die da vor ihm sich als ein voll herangeblühtes Jüngferchen darstellte. Sie trug eine lose Jacke um die schlanken Schultern, darunter ein rotes Röckchen, das nicht bis zu den Knöcheln hinabreichte, also daß der junge Fischer ihre bräunlichen, nackten Füße sehen konnte, die ihm weit reizender schienen, als die Entenfüße seiner Nixe. Ein weißes Tuch, das sie über den Kopf gebunden, hinderte sie, sein Heranschreiten hinter ihr zu vernehmen, bis er sie erreicht hatte. Da stand sie still, hörte mit Singen auf, grüßte ihn aber unverlegen mit ihren großen, braunen Kinderaugen, während die blonden Härchen um ihre reine Stirn lustig im Winde wehten.

Auch er nickte ihr zu, sagte aber nicht viel, sondern betrachtete sie nur mit einem scheuen Seitenblick und setzte seinen Gang neben ihr schweigsam fort. Sie selbst brach endlich die verlegene Stille, fragte, ob er einen guten Verkauf gehabt habe, welche Fische am häufigsten im Fluß drunten vorkämen, zuletzt, ob es ihm nicht unheimlich sei in seiner einsamen Hütte. – Nein, er sei daran gewöhnt. Nur im Winter freilich, wenn der Fluß mit Eis treibe und oft ganz zufriere, leide er an Langeweile. Doch habe er ja an ihrem Großvater eine Gesellschaft. – »Ach der!« lachte sie, »der ist alt und grau. Ich selbst hielte es nicht lange bei ihm aus. Ich komme zwar auch nicht viel unter die Leute, meine Frau ist sehr streng, aber wenn ich sonntags die Kinder zu Bett gebracht habe, geh' ich in den Garten und horche von fern auf die Tanzmusik, wo junge Burschen und Dirnen sich drehen, und es ist doch immer besser als von der lustigen Welt so weit abgeschieden sein, wie du. Die Leut' wundern sich, daß du nicht längst eine Frau genommen hast.«

Er runzelte düster die Stirn. »Du sagst es ja selbst«, versetzte er, »man muß wenigstens aus der Ferne das lustige Leben miterleben, eine Frau verginge in meiner Wildnis ohne jede Lustbarkeit. Auch bin ich nicht so beschaffen, daß ich einem jungen Mägdlein gefallen könnte, da ich nie gelernt habe, so glatte Redensarten zu drechseln, wie's Brauch ist unter Liebesleuten. Ich habe mir darum eine andere Gesellin ins Haus zu gewöhnen gedacht, bin aber damit schmählich in die Brüche geraten.«

Da sie nun, um einer anderen Antwort auf seine Klage auszuweichen, nach dieser mißglückten Brautwerbung sich erkundigte, erzählte er ihr treuherzig das Abenteuer des vorigen Tages und wie seine letzte Hoffnung sei, er werde bei der Heimkunft das blanke Ungetüm nicht mehr im Hause vorfinden. Wenn er sie auf irgendeine Art losgeworden, verschwöre er's für alle Zeiten, je wieder seine Einsamkeit zu verwünschen und mit seinem Leben in der Wildnis unzufrieden zu sein.

Hierauf erwiderte die Christel kein Wort, obwohl sie vieles zu sagen gehabt hätte. Sie bekam aber eine ordentliche Furcht vor ihrem Begleiter, der verwegen genug gewesen war, eine so unheimliche Liebschaft anzubändeln, und so sehr sie ihm wünschte, daß er von dem Scheuel und Greuel erlöst sein möchte, so hätte sie doch für ihr Leben gern das Wasserweibchen noch gesehen. Wie es so eigentlich gestaltet sei, wagte sie nicht zu fragen, und er versank, je näher sie dem Ziele kamen, immer tiefer in sein dumpfes Schweigen.

Da endlich traten sie aus dem Föhrendunkel heraus auf die Lichtung, wo die Fischerhütte stand. Aber mit einem Ausruf des Schreckens hemmte der Jüngling den Schritt, nach dem Hause hinstarrend, an welchem die Christel zunächst nichts Besonderes wahrnahm. Als sie aber länger hinsah, erblickte auch sie etwas Verwundersames. Denn aus dem offenen Fensterchen quoll in einem dicken Guß eine helle Wasserflut, die an der Balkenwand herabschoß und in ein Bächlein verwandelt durch das Gras zu Tale lief.

Mit drei mächtigen Sprüngen war Tobias ans Fenster geeilt und sah ins Innere der Hütte. Das glich einer tiefen, hoch mit Wasser gefüllten Badewanne, in der die Nixe fröhlich herumschwamm, über das ganze Gesicht lachend und mit einem vergnügten Schnalzen des rauhen Züngelchens. Um sie her trieb der graue Leib des Kätzchens, das ertrunken war, und als die Unholdin das entgeisterte Gesicht des Hausherrn draußen vor dem Fenster erblickte, haschte sie nach dem kleinen Leichnam und schleuderte ihn durch die Öffnung dem Späher ins Gesicht, offenbar über diesen nassen Scherz hochauf frohlockend.

Christel war hinter den Jüngling geschlichen und hatte ihm erschrocken über die Achsel ins Haus geblickt. Dann traten sie beide zurück und sahen einander ratlos an.

»Es ist wahr«, knirschte er, »sie hat in der großen Kufe das Gitter verstopft, wodurch sonst das Wasser ablief, und ihre boshafte Lust daran gehabt, wie sich nun erst der Schuppen ganz anfüllte und dann die Hütte selbst, deren Tür sie vorher zugeschlagen hat. Nun hat sie das Haus nach ihrem Geschmack und Gefallen zu einem kleinen See zurechtgemacht und beschlossen, darin zu bleiben. An Futter für ihre Gier würde ich's ja nicht fehlen lassen, und vielleicht hat sie sich auch in ihrer Einsamkeit gelangweilt und möchte jemand um sich haben, dem sie zuweilen das Blut aussaugen kann. Ich bin ein verlorener Mensch und möchte mich am liebsten in ihr Reich zurückziehen, da ich sie aus meinem nicht vertreiben kann!«

Er fuhr sich in die Haare und stöhnte. Christel aber war um die Hütte herumgegangen und hatte das große Netz gesehen, die Nixenfalle, die außen neben der Tür zum Trocknen hing. »Höre, Tobias«, sagte sie mit einem raschen Aufleuchten ihrer munteren Augen, »ich meine, du könntest sie dir am besten vom Halse schaffen, wenn du sie in dasselbe Netz locktest, in dem du sie hergebracht hast. Nimm es vom Pflock herab und halte es mit der offenen Seite gegen die Tür; die reiße ich dann rasch auf, und wenn die Wassermenge drinnen plötzlich herausschießt, muß die Nixe mit und fährt, ohne sich's zu versehen, wieder in das tiefe Netz hinein. Dann klappst du es hinter ihr zu und trägst es zum Fluß hinab, und du sollst sehen, du bist sie los für alle Zeiten.«

Der Jüngling sah sie mit einem Blicke an, in welchem Bewunderung und Hoffnung aufleuchteten. »Du bist ein kluges Kind«, sagte er, »und wenn der Anschlag gelingt, danke ich dir mein Leben.«

Sogleich nahm er das schwere Fangnetz herab, setzte das Spiegelchen wieder hinein, das die Nixe zum Glück draußen zurückgelassen hatte, und stellte sich vor der Türschwelle auf, während das Mädchen die leicht verwahrte Tür aufriß. In demselben Augenblick wogte die innen angesammelte Flut in mächtigem Schwall ins Freie, mit ihr der ahnungslose große Fisch, der von der Sturzgewalt unaufhaltsam in die Falle hineingerissen wurde.

In raschem Lauf hatte der gerettete Jüngling seine unheilvolle Beute dahin zurückgetragen, von wo er sie gestern früh im Triumph in sein Haus geholt hatte. Mit einem Blick des Vorwurfs und fast zärtlicher Wehmut war das schlanke Halbgeschöpf in die klare Tiefe hinabgefahren, was aber den Jüngling nicht im mindesten rührte. Er trocknete sich, während er langsam das Ufer wieder hinaufstieg, den Schweiß von der Stirn und atmete tief auf. Droben in der Hütte fand er die Christel schon beschäftigt, die Spuren der Überschwemmung, so gut es gehen wollte, zu beseitigen. Sie hatte die Kissen und Decken des Lagers an die Sonne getragen, die paar Siebensachen, die in der Truhe vewahrt lagen, zum Trocknen auf die kleine Wiese gebreitet, vor allem den dicken Pfropfen aus dem Zuber gezogen, der den Abfluß des Wassers verstopft hatte. Mit einem feuchten Lumpen fegte sie den Schmutz und Schlamm vom Herde und Estrich weg, also daß nach einiger Zeit nur noch ein leichter Nixendunst in dem gelüfteten Zimmer schwebte, sonst aber alles wieder ein menschliches Ansehen gewonnen hatte.

Der junge Hausherr sah ihrem Tun und Treiben gedankenvoll zu, seufzte ein paarmal und fuhr sich durchs Haar. Als sie ihn fragte, warum er seufze, da ja sein Herzenswunsch erfüllt sei, erwiderte er, es gebe mehr als einen Herzenswunsch, auch unerfüllbare, und übrigens habe er einen heftigen Schmerz an der Schulter, wo die Bißwunde noch immer nicht sich schließen wollte. Sofort sprang sie zu ihm hin, zog ihm das Hemd vom Halse weg und betrachtete das Mal aufmerksam. »Man sieht deutlich sieben spitze Zahnspuren«, sagte sie, »und ganz schwarzes Blut tropft heraus. Am Ende ist solch ein Nixenbiß giftig. Aber wart, ich weiß schon, was dafür gut ist.«

Damit sprang sie in den Wald und kam in kurzem mit einer Handvoll Kräuter zurück, deren Saft, nachdem sie die Wunde sorgsam ausgewaschen hatte, sie in die dunkelroten Löcher träufelte. Dabei murmelte sie halblaut einen Wundsegen, daß er in all seinen Schmerzen lächeln mußte und sagte: »Du bist am Ende selbst eine Zauberhexe, und ich komme vom Regen in die Traufe!« – Das machte sie tief erglühen, aber sie erwiderte nichts, sondern nahm ihn wie ein unbehilfliches Kind beim Arm und führte ihn zu einer Stelle neben der Hütte, wo weiches Gras wuchs. »So«, sagte sie, »nun legst du dich hier hin und schläfst einmal. Ich spring' indes zum Großvater hinüber und laß' mir Feuerzeug geben, daß ich dir eine Suppe kochen kann, und wenn du aufwachst, mußt du auch von dem Wein trinken, den ich im Körbchen mitgebracht habe. Denn heut ist ja Sankt Peregrin, dem Großvater sein Namenstag, den wollen wir dann zusammen feiern und dem Herrgott für deine Befreiung von dem Heidengreuel danken.«

Von dem Süpplein aber, das Christel auf dem wieder gereinigten Herde kochte, sollte Tobias nichts kosten. Denn als sie es ihm in Gesellschaft des frommen Großvaters zu seiner grünen Lagerstatt hinausbrachte, fanden sie ihn in einem heftigen Wundfieber, so daß er sie nicht erkannte und ihnen Scheltworte zurief, weil sie duldeten, daß das Nixengeschmeiß ihn im Schlafe störe.

Dieser Zustand hielt drei Tage und drei Nächte an, obwohl der Einsiedel aus seinem Vorrat einen Balsam hervorholte, der ihm manche Hieb- und Stichwunde sänftlich geheilt hatte. Auch ließ weder er noch sein Enkelkind es an Gebeten für den armen Verwundeten fehlen, der auch in den Nächten, wo er wieder in seinem Bette hinter dem Verschlage lag, wenn er mit halbem Bewußtsein aus dem Traum hinaushorchte, einen leisen Schritt im dunklen Raum vernahm, da seine junge Pflegerin immer gleich zur Hand war, ihm einen kühlen Trank zu reichen oder das heiße Kissen zu lockern.

Am Morgen nach der dritten Nacht aber, der ersten, in der er wieder fieberlos geschlafen hatte, vermißte er ihre Nähe. Er hatte sich vor die Hütte in die junge Frühlingssonne gesetzt, da kam sie von der Klausnerzelle daher, wieder ganz, wie er sie im Walde getroffen, nur barhaupt, da sie ihr Kopftüchteil zu Verbandszwecken zerschnitten hatte. Er sah sie freundlich an, und sein Herz wallte ihr entgegen, ahnte aber nichts Arges.

Wohin sie so früh mit ihrem Korbe wolle? Am Ende gar in die Stadt, neue Salben und Tränkchen für ihn zu holen, deren er nun nicht mehr bedürfe.

»Freilich in die Stadt«, sagte sie, »aber um mir einen neuen Dienst zu suchen. Denn die Schneidersfrau wird mich nimmer annehmen wollen, weil ich ihr drei Tage weggelaufen bin, und hier bei dir bin ich nimmer nötig. Was noch zu tun ist, besorgt der Großvater. Also leb wohl! Zu Weihnacht komm ich wohl wieder.«

Sie hatte es aber nicht gar eilig mit dem Fortgehen. Und als er ihre Hand ergriff und sagte, ein wenig stockend und schwer atmend: »Ich bin schuld, daß du den Dienst verloren hast, Christel, und würde dir gern vorschlagen, hier bei mir zu bleiben – versteh, für immer – wenn du mich erstens nicht zu tölpelhaft und unhold fändest, und dann – du hast mir ja selbst gesagt, wenn man auch nicht mittanzt, habe man doch Verlangen danach, wenigstens von fern zu hören, wie lustig die Welt klingt.«

»Oh«, unterbrach sie ihn errötend, »was das betrifft –! Diese letzte Nacht, als ich hier auf der Schwelle deiner Hütte saß und hörte im Tann das Käuzchen schreien und drunten den Fluß rauschen, und vor allem – und hier lachte sie ein wenig und wurde noch röter – wie ich dich drinnen auf deinem

Lager so herzhaft und gesund schnarchen hörte – ›keine Tanzmusik‹, dacht ich bei mir selbst, ›kann schöner klingen.‹ Aber nun muß ich wirklich fort.«

»Nein, nun bleibst du wirklich hier«, rief er und stand auf und zog sie in seine Arme. »Und jetzt laß uns gleich zum Großvater hinübergehen, daß er uns zusammengibt.«

Das geschah denn auch ohne große Umstände noch an dem nämlichen Tage, wobei der fromme Pater einiges aus seinem lateinischen Schmöker vorlas, was weder er noch das Brautpaar verstand, und darauf einen kurzen Spruch in ihrer Sprache über den Text hielt: »Es ist nicht gut, daß der Mensch allein sei, absonderlich in jungen Jahren, doch auch in höherem Alter!«, worauf er mit einem Seufzer ihre Hände ineinanderlegte.

Sie saßen dann den Rest des Tages fröhlich beisammen, und die junge Frau richtete ein schlecht und rechtes Hochzeitsmahl her, wobei der Namenstagswein das Beste tat. Als der letzte Tropfen der Flasche getrunken, der Alte den Segen über das glückliche junge Paar gesprochen und sich dann seufzend entfernt hatte, saßen die beiden Hand in Hand ganz still und selig noch ein Weilchen am Tische und sahen das Mondlicht zu dem Fensterchen hereinfluten. Auf einmal wurde der Schein verdunkelt, ein Gesicht hatte sich vor die Öffnung gedrängt, sie erkannten die Nixe, die, ob sie gleich keine Seele hatte, doch etwas von Haß aus verschmähter Liebe und grimmiger Eifersucht empfand und mit einem bösen Neidgebärde, die eine Faust ballend, in das Hochzeitsgemach hereingrinste. Der junge Ehemann aber stand ruhig auf und schlug ihr den Laden vor der Nase zu.

Seitdem hat der arme Heidengreuel in dieser Gegend sich nicht mehr blicken lassen.

Die Regentrude

Einen so heißen Sommer, wie nun vor hundert Jahren, hat es seitdem nicht wieder gegeben. Kein Grün fast war zu sehen; zahmes und wildes Getier lag verschmachtet auf den Feldern.

Es war an einem Vormittag. Die Dorfstraßen standen leer; was nur konnte, war ins Innerste der Häuser geflüchtet; selbst die Dorfkläffer hatten sich verkrochen. Nur der dicke Wiesenbauer stand breitspurig in der Torfahrt seines stattlichen Hauses und rauchte im Schweiße seines Angesichts aus seinem großen Meerschaumkopfe. Dabei schaute er schmunzelnd einem mächtigen Fuder Heu entgegen, das eben von seinen Knechten auf die Diele gefahren wurde. – Er hatte vor Jahren eine bedeutende Fläche sumpfigen Wiesenlandes um geringen Preis erworben, und die letzten dürren Jahre, welche auf den Feldern seiner Nachbarn das Gras versengten, hatten ihm die Scheuern mit duftendem Heu und den Kasten mit blanken Krontalern gefüllt.

So stand er auch jetzt und rechnete, was bei den immer steigenden Preisen der Überschuß der Ernte für ihn einbringen könne. »Sie kriegen alle nichts«, murmelte er, indem er die Augen mit der Hand beschattete und zwischen den Nachbarsgehöften hindurch in die flimmernde Ferne schaute, »es gibt gar keinen Regen mehr in der Welt.« Dann ging er an den Wagen, der eben abgeladen wurde; er zupfte eine Handvoll Heu heraus, führte es an seine breite Nase und lächelte so verschmitzt, als wenn er aus dem kräftigen Duft noch einige Krontaler mehr herausriechen könne.

In demselben Augenblicke war eine etwa fünfzigjährige Frau ins Haus getreten. Sie sah blaß und leidend aus, und bei dem schwarzseidenen Tuche, das sie um den Hals gesteckt trug, trat der bekümmerte Ausdruck ihres Gesichtes nur noch mehr hervor. »Guten Tag, Nachbar«, sagte sie, indem sie dem Wiesenbauer die Hand reichte, »ist das eine Glut; die Haare brennen einem auf dem Kopfe!«

»Laß brennen, Mutter Stine, laß brennen«, erwiderte er, »seht nur das Fuder Heu an! Mir kann's nicht zu schlimm werden!«

»Ja, ja, Wiesenbauer, Ihr könnt schon lachen; aber was soll aus uns andern werden, wenn das so fortgeht!«

Der Bauer drückte mit dem Daumen die Asche in seinen Pfeifenkopf und stieß ein paar mächtige Dampfwolken in die Luft. »Seht Ihr«, sagte er, »das kommt von der Überklugheit. Ich hab's immer gesagt; aber Euer Seliger hat's alleweg besser verstehen wollen. Warum mußte er all sein Tiefland vertauschen! Nun sitzt Ihr da mit den hohen Feldern, wo Eure Saat verdorrt und Euer Vieh verschmachtet.«

Die Frau seufzte.

Der dicke Mann wurde plötzlich herablassend. »Aber, Mutter Stine«, sagte er, »ich merke schon, Ihr seid nicht von ungefähr hiehergekommen; schießt nur immer los, was Ihr auf dem Herzen habt!«

Die Witwe blickte zu Boden. »Ihr wißt wohl«, sagte sie, »die fünfzig Taler, die Ihr mir geliehen; ich soll sie auf Johanni zurückzahlen, und der Termin ist vor der Tür.«

Der Bauer legte seine fleischige Hand auf ihre Schulter. »Nun macht Euch keine Sorge, Frau! Ich brauche das Geld nicht; ich bin nicht der Mann, der aus der Hand in den Mund lebt. Ihr könnt mir Eure Grundstücke dafür zum Pfande einsetzen; sie sind zwar nicht von den besten, aber mir sollen sie diesmal gut genug sein. Auf den Sonnabend könnt Ihr mit mir zum Gerichtshalter fahren.«

Die bekümmerte Frau atmete auf. »Es macht zwar wieder Kosten«, sagte sie, »aber ich danke Euch doch dafür.«

Der Wiesenbauer hatte seine kleinen klugen Augen nicht von ihr gelassen. »Und«, fuhr er fort, »weil wir hier einmal beisammen sind, so will ich Euch auch sagen, der Andrees, Euer Junge, geht nach meiner Tochter!«

»Du lieber Gott, Nachbar, die Kinder sind ja miteinander aufgewachsen!«

»Das mag sein, Frau; wenn aber der Bursche meint, er könne sich hier in die volle Wirtschaft einfreien, so hat er seine Rechnung ohne mich gemacht!«

Die schwache Frau richtete sich ein wenig auf und sah ihn mit fast zürnenden Augen an. »Was habt Ihr denn an meinem Andrees auszusetzen?« fragte sie.

»Ich an Eurem Andrees, Frau Stine? – Auf der Welt gar nichts! Aber« – und er strich sich mit der Hand über die silbernen Knöpfe seiner roten Weste – »meine Tochter ist eben meine Tochter, und des Wiesenbauers Tochter kann es besser belaufen.«

»Trotzt nicht zu sehr, Wiesenbauer«, sagte die Frau milde, »ehe die heißen Jahre kamen – !«

»Aber sie sind gekommen und sind noch immer da, und auch für dies Jahr ist keine Aussicht, daß Ihr eine Ernte in die Scheuer bekommt. Und so geht's mit Eurer Wirtschaft immer weiter rückwärts.«

Die Frau war in tiefes Sinnen versunken; sie schien die letzten Worte kaum gehört zu haben. »Ja«, sagte sie, »Ihr mögt leider recht behalten, die Regentrude muß eingeschlafen sein; aber – sie kann geweckt werden!«

»Die Regentrude?« wiederholte der Bauer hart. »Glaubt Ihr auch an das Gefasel?«

»Kein Gefasel, Nachbar!« erwiderte sie geheimnisvoll. »Meine Urahne, da sie jung gewesen, hat sie selber einmal aufgeweckt. Sie wußte auch das Sprüchlein noch und hat es mir öfters vorgesagt; aber ich habe es seither längst vergessen.«

Der dicke Mann lachte, daß ihm die silbernen Knöpfe auf seinem Bauch tanzen. »Nun, Mutter Stine, so setzt Euch hin und besinnt Euch auf Euer Sprüchlein. Ich verlasse mich auf mein Wetterglas, und das steht seit acht Wochen auf beständig Schön!«

»Das Wetterglas ist ein totes Ding, Nachbar; das kann doch nicht das Wetter machen!«

»Und Eure Regentrude ist ein Spukeding, ein Hirngespinst, ein Garnichts!«

»Nun, Wiesenbauer«, sagte die Frau schüchtern, »Ihr seid einmal einer von den Neugläubigen!«

Aber der Mann wurde immer eifriger. »Neu- oder altgläubig!« rief er; »geht hin und sucht Eure Regenfrau und sprecht Euer Sprüchlein, wenn Ihr's noch beisammenkriegt! Und wenn Ihr binnen heut und vierundzwanzig Stunden Regen schafft, dann –!« Er hielt inne und paffte ein paar dicke Rauchwolken vor sich hin.

»Was dann, Nachbar?« fragte die Frau.

»Dann – dann – zum Teufel, ja, dann soll Euer Andrees meine Maren freien!«

In diesem Augenblick öffnete sich die Tür des Wohnzimmers, und ein schönes schlankes Mädchen mit rehbraunen Augen trat zu ihnen die Durchfahrt hinaus. »Topp, Vater«, rief sie, »das soll gelten!« Und zu einem ältlichen Mann gewandt, der eben von der Straße her ins Haus trat, fügte sie hinzu: »Ihr habt's gehört, Vetter Schulze!«

»Nun, nun, Maren«, sagte der Wiesenbauer, »du brauchst keine Zeugen gegen deinen Vater aufzurufen; von meinem Wort, da beißt dir keine Maus auch nur ein Titelchen ab.«

Der Schulze schaute indes, auf seinen langen Stock gestützt, eine Weile in den freien Tag hinaus; und hatte nun sein schärferes Auge in der Tiefe des glühenden Himmels ein weißes Pünktchen schwimmen sehen oder wünschte er es nur und glaubte es deshalb gesehen zu haben, aber er lächelte hinterhaltig und sagte: »Mög's Euch bekommen, Vetter Wiesenbauer, der Andrees ist allewege ein tüchtiger Bursch!«

Bald darauf, während der Wiesenbauer und der Schulze in dem Wohnzimmer des ersteren über allerlei Rechnungen beisammensaßen, trat Maren an der andern Seite der Dorfstraße mit Mutter Stine in deren Stübchen.

»Aber Kind«, sagte die Witwe, indem sie ihr Spinnrad aus der Ecke holte, »weißt du denn das Sprüchlein für die Regenfrau?«

»Ich?« fragte das Mädchen, indem sie erstaunt den Kopf zurückwarf.

»Nun, ich dachte nur, weil du so keck dem Vater vor die Füße tratst.«

»Nicht doch, Mutter Stine, mir war nur so ums Herz, und ich dachte auch, Ihr selber würdet's wohl noch beisammenbekommen. Räumt nur ein bissel auf in Eurem Kopfe; es muß ja noch irgendwo verkramet liegen!«

Frau Stine schüttelte den Kopf. »Die Urahne ist mir früh gestorben. Das aber weiß ich noch wohl, wenn wir damals große Dürre hatten, wie eben jetzt, und uns dabei mit der Saat oder dem Viehzeug

Unheil zuschlug, dann pflegte sie wohl ganz heimlich zu sagen: ›Das tut der Feuermann uns zum Schabernack, weil ich einmal die Regenfrau geweckt habe!‹«

»Der Feuermann?« fragte das Mädchen, »wer ist denn das nun wieder?« Aber ehe sie noch eine Antwort erhalten konnte, war sie schon ans Fenster gesprungen und rief: »Um Gott, Mutter, da kommt der Andrees; seht nur, wie verstürzt er aussieht!«

Die Witwe erhob sich von ihrem Spinnrade. »Freilich, Kind«, sagte sie niedergeschlagen, »siehst du denn nicht, was er auf dem Rücken trägt? Da ist schon wieder eins von den Schafen verdurstet.«

Bald darauf trat der junge Bauer ins Zimmer und legte das tote Tier vor den Frauen auf den Estrich. »Da habt ihr's!« sagte er finster, indem er sich mit der Hand den Schweiß von der heißen Stirn strich.

Die Frauen sahen mehr in sein Gesicht als auf die tote Kreatur. »Nimm dir's nicht so zu Herzen, Andrees!« sagte Maren. »Wir wollen die Regenfrau wecken, und dann wird alles wieder gut werden.«

»Die Regenfrau!« wiederholte er tonlos. »Ja, Maren, wer die wecken könnte! – Es ist aber auch nicht wegen dem allein, es ist mir etwas widerfahren draußen.«

Die Mutter faßte zärtlich seine Hand. »So sag es von dir, mein Sohn«, ermahnte sie, »damit es dich nicht siech mache!«

»So hört denn!« erwiderte er. »Ich wollte nach unsern Schafen sehen, und ob das Wasser, das ich gestern abend für sie hinaufgetragen, noch nicht verdunstet sei. Als ich aber auf den Weideplatz kam, sah ich sogleich, daß es dort nicht seine Richtigkeit habe; der Wasserzuber war nicht mehr, wo ich ihn hingestellt, und auch die Schafe waren nicht zu sehen. Um sie zu suchen, ging ich den Rain hinab bis an den Riesenhügel. Als ich auf die andere Seite kam, da sah ich sie alle liegen, keuchend, die Hälse lang auf die Erde gestreckt; die arme Kreatur hier war schon krepiert. Daneben lag der Zuber umgestürzt und schon gänzlich ausgetrocknet. Die Tiere konnten das nicht getan haben; hier mußte eine böswillige Hand im Spiele sein.«

»Kind, Kind«, unterbrach ihn die Mutter, »wer sollte einer armen Witwe Leides zufügen!«

»Hört nur zu, Mutter, es kommt noch weiter. Ich stieg auf den Hügel und sah nach allen Seiten über die Ebene hin; aber kein Mensch war zu sehen, die sengende Glut lag wie alle Tage lautlos über den Feldern. Nur neben mir auf einem der großen Steine, zwischen denen das Zwergenloch in den Hügel hinabgeht, saß ein dicker Molch und sonnte seinen häßlichen Leib. Als ich noch so halb ratlos, halb ingrimmig um mich her starre, höre ich auf einmal hinter mir von der andern Seite des Hügels her ein Gemurmel, wie wenn einer eifrig mit sich selber redet, und als ich mich umwende, sehe ich ein knorpsiges Männlein im feuerroten Rock und roter Zipfelmütze unten zwischen dem Heidekraute auf und ab stapfen. – Ich erschrak mich, denn wo war es plötzlich hergekommen! – Auch sah es gar so arg und mißgeschaffen aus. Die großen braunroten

Hände hatte es auf dem Rücken gefaltet, und dabei spielten die krummen Finger wie Spinnenbeine in der Luft. – Ich war hinter den Dornbusch getreten, der neben den Steinen aus dem Hügel wächst, und konnte von hier aus alles sehen, ohne selbst bemerkt zu werden. Das Unding drunten war noch immer in Bewegung; es bückte sich und riß ein Bündel versengten Grases aus dem Boden, daß ich glaubte, es müsse mit seinem Kürbiskopf vornüber schießen; aber es stand schon wieder auf seinen Spindelbeinen, und indem es das dürre Kraut zwischen seinen großen Fäusten zu Pulver rieb, begann es so entsetzlich zu lachen, daß auf der anderen Seite des Hügels die halbtoten Schafe aufsprangen und in wilder Flucht an dem Rain hinunterjagten. Das Männlein aber lachte noch gellender, und dabei begann es von einem Bein aufs andere zu springen, daß ich fürchtete, die dünnen Stäbchen müßten unter seinem klumpigen Leibe zusammenbrechen. Es war grausenvoll anzusehen, denn es funkte ihm dabei ordentlich aus seinen kleinen schwarzen Augen.«

Die Witwe hatte leise des Mädchens Hand gefaßt.

»Weißt du nun, wer der Feuermann ist?« sagte sie. Maren nickte.

»Das Allergrausenhafteste aber«, fuhr Andrees fort, »war seine Stimme. ›Wenn sie es wüßten, wenn sie es wüßten!‹ schrie er, ›die Flegel, die Bauerntölpel!‹ Und dann sang er mit seiner schnarrenden, quäkenden Stimme ein seltsames Sprüchlein; immer von vorn nach hinten, als könne er sich gar daran nicht ersättigen. Wartet nur, ich bekomm's wohl noch beisammen!«

Und nach einigen Augenblicken fuhr er fort:

»Dunst ist die Welle,
Staub ist die Quelle!«

Die Mutter ließ plötzlich ihr Spinnrad stehen, das sie während der Erzählung eifrig gedreht hatte, und sah ihren Sohn mit gespannten Augen an. Der aber schwieg wieder und schien sich zu besinnen.

»Weiter!« sagte sie leise.

»Ich weiß nicht weiter, Mutter; es ist fort, und ich hab's mir unterwegs doch wohl hundertmal vorgesagt.«

Als aber Frau Stine mit unsicherer Stimme selbst fortfuhr:

»Stumm sind die Wälder,
Feuermann tanzet über die Felder!«,

da setzte er rasch hinzu:

»Nimm dich in acht!
Eh du erwachst,
Holt dich die Mutter
Heim in die Nacht!«

»Das ist das Sprüchlein der Regentrude!« rief Frau Stine; »und nun rasch noch einmal! Und du, Maren, merk wohl auf, damit es nicht wiederum verlorengeht!«

Und nun sprachen Mutter und Sohn noch einmal zusammen und ohne Anstoß:

»Dunst ist die Welle,
Staub ist die Quelle!
Stumm sind die Wälder,
Feuermann tanzet über die Felder!

Nimm dich in acht!
Eh du erwacht,
Holt dich die Mutter
Heim in die Nacht!«

»Nun hat alle Not ein Ende!« rief Maren; »nun wecken wir die Regentrude; morgen sind alle Felder wieder grün, und übermorgen gibt's Hochzeit!« Und mit fliegenden Worten und glänzenden Augen erzählte sie ihrem Andrees, welches Versprechen sie dem Vater abgewonnen habe.

»Kind«, sagte die Witwe wieder, »weißt du denn auch den Weg zur Regentrude?«

»Nein, Mutter Stine; wißt Ihr denn auch den Weg nicht mehr?«

»Aber, Maren, es war ja die Urahne, die bei der Regentrude war; von dem Wege hat sie mir niemals was erzählt.«

»Nun, Andrees«, sagte Maren und faßte den Arm des jungen Bauern, der währenddes mit gerunzelter Stirn vor sich hin gestarrt hatte, »so sprich du! Du weißt ja sonst doch immer Rat!«

»Vielleicht weiß ich auch jetzt wieder einen!« entgegnete er bedächtig. »Ich muß heute mittag den Schafen noch Wasser hinauftragen. Vielleicht daß ich den Feuermann noch einmal hinter dem Dornbusch belauschen kann! Hat er das Sprüchlein verraten, wird er auch noch den Weg verraten; denn sein dicker Kopf scheint überzulaufen von diesen Dingen.«

Und bei diesem Entschluß blieb es. Soviel sie auch hin und wieder redeten, sie wußten keinen bessern aufzufinden.

Bald darauf befand sich Andrees mit seiner Wassertracht droben auf dem Weideplatze. Als er in die Nähe des Riesenhügels kam, sah er den Kobold schon von weitem auf einem der Steine am Zwergenloch sitzen. Er strählte sich mit seinen fünf ausgespreizten Fingern den roten Bart; und jedesmal wenn er die Hand herauszog, löste sich ein Häufchen feuriger Flocken ab und schwebte in dem grellen Sonnenschein über die Felder dahin.

»Da bist du zu spät gekommen«, dachte Andrees, »heute wirst du nichts erfahren«, und wollte seitwärts, als habe er gar nichts gesehen, nach der Stelle abbiegen, wo noch immer der umgestürzte Zuber lag. Aber er wurde angerufen. »Ich dachte, du hättest mit mir zu reden!« hörte er die Quäkstimme des Kobolds hinter sich.

Andrees kehrte sich um und trat ein paar Schritte zurück. »Was hätte ich mit Euch zu reden«, erwiderte er, »ich kenne Euch ja nicht.«

»Aber du möchtest den Weg zur Regentrude wissen?«

»Wer hat Euch denn das gesagt?«

»Mein kleiner Finger, und der ist klüger als mancher große Kerl.«

Andrees nahm all seinen Mut zusammen und trat noch ein paar Schritte näher zu dem Unding an den Hügel hinauf. »Euer kleiner Finger mag schon klug sein«, sagte er, »aber den Weg zur Regenfrau wird er doch nicht wissen, denn den wissen auch die allerklügsten Menschen nicht.«

Der Kobold blähte sich wie eine Kröte und fuhr ein paarmal mit seiner Klaue durch den Feuerbart, daß Andrees vor der herausströmenden Glut einen Schritt zurücktaumelte. Plötzlich aber den jungen Bauern mit dem Ausdrucke eines überlegenen Hohns aus seinen bösen kleinen Augen anstarrend, schnarrte er ihn an: »Du bist zu einfältig, Andrees; wenn ich dir auch sagte, daß die Regentrude hinter dem großen Walde wohnt, so würdest du doch nicht wissen, daß hinter dem Walde eine hohle Weide steht!«

»Hier gilt's den Dummen spielen!« dachte Andrees; denn obschon er sonst ein ehrlicher Bursche war, so hatte er doch auch seine gute Portion Bauernschlauheit mit auf die Welt bekommen. »Da habt Ihr recht«, sagte er und riß den Mund auf, »das würde ich freilich nicht wissen!«

»Und«, fuhr der Kobold fort, »wenn ich dir auch sagte, daß hinter dem Walde die hohle Weide steht, so würdest du doch nicht wissen, daß in dem Baum eine Treppe zum Garten der Regenfrau hinabführt.«

»Wie man sich doch verrechnen kann!« rief Andrees. »Ich dachte, man könnte nur so gradeswegs hineinspazieren.«

»Und wenn du auch gradeswegs hineinspazieren könntest«, sagte der Kobold, »so würdest du immer noch nicht wissen, daß die Regentrude nur von einer reinen Jungfrau geweckt werden kann.«

»Nun freilich«, meinte Andrees, »da hilft's mir nichts; da will ich mich nur gleich wieder auf den Heimweg machen.«

Ein arglistiges Lächeln verzog den breiten Mund des Kobolds. »Willst du nicht erst dein Wasser in den Zuber gießen?« fragte er; »das schöne Viehzeug ist ja schier verschmachtet.«

»Da habt Ihr zum vierten Male recht!« erwiderte der Bursche und ging mit seinen Eimern um den Hügel herum. Als er aber das Wasser in den heißen Zuber goß, schlug es zischend empor und verprasselte in weißen Dampfwolken in die Luft. »Auch gut!« dachte er, »meine Schafe treibe ich mit mir heim, und morgen mit dem frühesten geleite ich Maren zu der Regentrude. Die soll sie schon erwecken!«

Auf der andern Seite des Hügels aber war der Kobold von seinen Steinen aufgesprungen. Er warf seine rote Mütze in die Luft und kollerte sich mit wieherndem Gelächter den Berg hinab. Dann sprang er wieder auf seine dürren Spindelbeine, tanzte wie toll umher und schrie dabei mit seiner Quäkstimme einmal übers andere: »Der Kindskopf, der Bauerlümmel dachte mich zu übertölpeln und weiß noch nicht, daß die Trude sich nur das rechte Sprüchlein wecken läßt. Und das Sprüchlein weiß keiner als Eckeneckepenn, und Eckeneckepenn, das bin ich!«

Der böse Kobold wußte nicht, daß er am Vormittag das Sprüchlein selbst verraten hatte.

Auf die Sonnenblumen, die vor Marens Kammer im Garten standen, fiel eben der erste Morgenstrahl, als sie schon das Fenster aufstieß und ihren Kopf in die frische Luft hinaussteckte. Der Wiesenbauer, welcher nebenan im Alkoven des Wohnzimmers schlief, mußte davon erwacht sein; denn sein Schnarchen, das noch eben durch alle Wände drang, hatte plötzlich aufgehört. »Was treibst du, Maren?« rief er mit schläfriger Stimme. »Fehlt's dir denn wo?«

Das Mädchen fuhr sich mit dem Finger an die Lippen; denn sie wußte wohl, daß der Vater, wenn er ihr Vorhaben erführe, sie nicht aus dem Hause lassen würde. Aber sie faßte sich schnell. »Ich habe nicht schlafen können, Vater«, rief sie zurück, »ich will mit den Leuten auf die Wiesen; es ist so hübsch frisch heute morgen.«

»Hast das nicht nötig, Maren«, erwiderte der Bauer, »meine Tochter ist kein Dienstbot'.« Und nach einer Weile fügte er hinzu: »Na, wenn's dir Pläsier macht! Aber sei zur rechten Zeit wieder heim, eh' die große Hitze kommt. Und vergiß mein Warmbier nicht!« Damit warf er sich auf die andere Seite, daß die Bettstelle krachte, und gleich darauf hörte auch das Mädchen wieder das wohlbekannte abgemessene Schnarchen.

Behutsam drückte sie ihre Kammertür auf. Als sie durch die Torfahrt ins Freie ging, hörte sie eben den

Knecht die beiden Mägde wecken. »Es ist doch schnöd«, dachte sie, »daß du so hast lügen müssen, aber« – und sie seufzte dabei ein wenig – »was tut man nicht um seinen Schatz.«

Drüben in seinem Sonntagsstaat stand schon Andrees ihrer wartend. »Weißt du dein Sprüchlein noch?« rief er ihr entgegen.

»Ja, Andrees! Und weißt du noch den Weg?«

Er nickte nur.

»So laß uns gehen!« – Aber eben kam noch Mutter Stine aus dem Hause und steckte ihrem Sohne ein mit Met gefülltes Fläschchen in die Tasche. »Der ist noch von der Urahne«, sagte sie, »sie tat allezeit sehr geheim und kostbar damit, der wird euch guttun in der Hitze!«

Dann gingen sie im Morgenschein die stille Dorfstraße hinab, und die Witwe stand noch lange und schaute nach der Richtung, wo die jungen kräftigen Gestalten verschwunden waren.

Der Weg der beiden führte hinter der Dorfmark über eine weite Heide. Danach kamen sie in den großen Wald. Aber die Blätter des Waldes lagen meist verdorrt am Boden, so daß die Sonne überall hindurchblitzte; sie wurden fast geblendet von den wechselnden Lichtern. – Als sie eine geraume Zeit zwischen den hohen Stämmen der Eichen und Buchen fortgeschritten waren, faßte das Mädchen die Hand des jungen Mannes.

»Was hast du, Maren?« fragte er.

»Ich hörte unsere Dorfuhr schlagen, Andrees.«

»Ja, mir war es auch so.«

»Es muß sechs Uhr sein!« sagte sie wieder. »Wer kocht denn dem Vater nur sein Warmbier? Die Mägde sind alle auf dem Felde.«

»Ich weiß nicht, Maren; aber das hilft nun doch weiter nicht!«

»Nein«, sagte sie, »das hilft nun weiter nicht. Aber weißt du denn auch noch unser Sprüchlein?«

»Freilich, Maren!

Dunst ist die Welle,
Staub ist die Quelle!«

Und als er einen Augenblick zögerte, sagte sie rasch:

»Stumm sind die Wälder,
Feuermann tanzet über die Felder!«

»Oh«, rief sie, »wie brannte die Sonne!«

»Ja«, sagte Andrees und rieb sich die Wange, »es hat auch mir ordentlich einen Stich gegeben.«

Endlich kamen sie aus dem Walde, und dort, ein paar Schritte vor ihnen, stand auch schon der alte Weidenbaum. Der mächtige Stamm war ganz gehöhlt, und das Dunkel, das darin herrschte, schien tief in den Abgrund der Erde zu führen. Andrees stieg zuerst allein hinab, während Maren sich auf die Höhlung des Baumes lehnte und ihm nachzublicken suchte. Aber bald sah sie nichts mehr von ihm, nur das Geräusch des Hinabsteigens schlug noch an ihr Ohr. Ihr begann angst zu werden, oben um sie her war es so einsam, und von unten hörte sie endlich auch keinen Laut mehr. Sie steckte den

Kopf tief in die Höhlung und rief: »Andrees, Andrees!« Aber es blieb alles still, und noch einmal rief sie: »Andrees!« – Da nach einiger Zeit war es ihr, als höre sie es von unten wieder heraufkommen, und allmählich erkannte sie auch die Stimme des jungen Mannes, der ihren Namen rief, und faßte seine Hand, die er ihr entgegenstreckte. »Es führt eine Treppe hinab«, sagte er, »aber sie ist steil und ausgebröckelt, und wer weiß, wie tief nach unten zu der Abgrund ist!«

Maren erschrak. »Fürchte dich nicht«, sagte er, »ich trage dich; ich habe einen sicheren Fuß.« Dann hob er das schlanke Mädchen auf seine breite Schulter; und als sie die Arme fest um seinen Hals gelegt hatte, stieg er behutsam mit ihr in die Tiefe. Dichte Finsternis umgab sie; aber Maren atmete doch auf, während sie so Stufe um Stufe wie in einem gewundenen Schneckengange hinabgetragen wurde; denn es war kühl hier im Innern der Erde. Kein Laut von oben drang zu ihnen herab; nur einmal hörten sie dumpf aus der Ferne die unterirdischen Wasser brausen, die vergeblich zum Lichte emporarbeiteten.

»Was war das?« flüsterte das Mädchen.

»Ich weiß nicht, Maren.«

»Aber hat's denn noch kein Ende?«

»Es scheint fast nicht.«

»Wenn dich der Kobold nur nicht betrogen hat!«

»Ich denke nicht, Maren.«

So stiegen sie tiefer und tiefer. Endlich spürten sie wieder den Schimmer des Sonnenlichts unter sich, das mit jedem Tritte leuchtender wurde; zugleich aber drang auch eine erstickende Hitze zu ihnen herauf.

Als sie von der untersten Stufe ins Freie traten, sahen sie eine gänzlich unbekannte Gegend vor sich. Maren sah befremdet umher. »Die Sonne scheint aber doch dieselbe zu sein!« sagte sie endlich.

»Kälter ist sie wenigstens nicht«, meinte Andrees, indem er das Mädchen zur Erde hob.

Von dem Platze, wo sie sich befanden, auf einem breiten Steindamm, lief eine Allee von alten Weiden in die Ferne hinaus. Sie bedachten sich nicht lange, sondern gingen, als sei ihnen der Weg gewiesen, zwischen den Reihen der Bäume entlang. Wenn sie nach der einen oder andern Seite blickten, so sahen sie in ein ödes, unabsehbares Tiefland, das so von aller Art Rinnen und Vertiefungen zerrissen war, als bestehe es nur aus einem endlosen Gewirre verlassener See- und Strombetten. Dies schien auch dadurch bestätigt zu werden, daß ein beklemmender Dunst, wie von vertrocknetem Schilf, die Luft erfüllte. Dabei lagerte zwischen den Schatten der einzeln stehenden Bäume eine solche Glut, daß es den beiden Wanderern war, als sähen sie kleine weiße Flammen über den staubigen Weg dahinfliegen. Andrees mußte an die Flocken aus dem Feuerbarte des Kobolds denken. Einmal war es ihm sogar, als sähe er zwei dunkle Augenringe in dem grellen Sonnenschein; dann wieder glaubte er deutlich neben sich das tolle Springen der kleinen Spindelbeine zu hören. Bald war es links, bald rechts an seiner Seite. Wenn er sich aber wandte, vermochte er nichts zu sehen; nur die glutheiße Luft zitterte flirrend und blendend vor seinen Augen. »Ja«, dachte er, indem er des Mädchens Hand erfaßte und beide mühsam vorwärts schritten, »sauer machst du's uns; aber recht behältst du heute nicht!«

Weiter und weiter gingen sie, der eine nur auf das immer schwerere Atmen des andern hörend. Der einförmige Weg schien kein Ende zu nehmen; neben ihnen unaufhörlich die grauen, halb entblätterten Weiden, seitwärts hüben und drüben unter ihnen die unheimlich dunstende Niederung.

Plötzlich blieb Maren stehen und lehnte sich mit geschlossenen Augen an den Stamm einer Weide. »Ich kann nicht weiter«, murmelte sie; »die Luft ist lauter Feuer.«

Da gedachte Andrees des Metfläschchens, das sie bis dahin unberührt gelassen hatten. – Als er den Stöpsel abgezogen, verbreitete sich ein Duft, als seien die Tausende von Blumen noch einmal zur Blüte auferstanden, aus deren Kelchen vor vielleicht mehr als hundert Jahren die Bienen den Honig zu diesem Tranke zusammengetragen hatten. Kaum hatten die Lippen des Mädchens den Rand der Flasche berührt, so schlug sie schon die Augen auf. »Oh«, rief wie, »auf welcher schönen Wiese sind wir denn?«

»Auf keiner Wiese, Maren; aber trink nur, es wird dich stärken!«

Als sie getrunken hatte, richtete sie sich auf und schaute mit hellen Augen um sich her. »Trink auch einmal, Andrees«, sagte sie; »ein Frauenzimmer ist doch nur ein elendiglich Geschöpf!«

»Aber das ist ein echter Tropfen!« rief Andrees, nachdem er auch gekostet hatte. »Mag der Himmel wissen, woraus die Urahne den gebraut hat!«

Dann gingen sie gestärkt und lustig plaudernd weiter. Nach einer Weile aber blieb das Mädchen wieder stehen. »Was hast du, Maren?« fragte Andrees.

»Oh, nichts; ich dachte nur –«

»Was denn, Maren?«

»Siehst du, Andrees! Mein Vater hat noch sein halbes Heu draußen auf den Wiesen; und ich gehe da aus und will Regen machen!«

»Dein Vater ist ein reicher Mann, Maren; aber wir andern haben unser Fetzchen Heu schon längst in der Scheuer und unsere Frucht noch alle auf den dürren Halmen.«

»Ja, ja, Andrees, du hast wohl recht; man muß auch an die andern denken!« Im stillen bei sich selber aber setzte sie nach einer Weile hinzu: »Maren, Maren, mach dir keine Flausen vor; du tust ja doch alles nur von wegen deinem Schatz!«

So waren sie wieder eine Zeitlang fortgegangen, als das Mädchen plötzlich rief: »Was ist denn das? Wo sind wir denn? Das ist ja ein großer, ungeheurer Garten!«

Und wirklich waren sie, ohne zu wissen wie, aus der einförmigen Weidenallee in einen großen Park gelangt. Aus der weiten, jetzt freilich versengten Rasenfläche erhoben sich überall Gruppen hoher prachtvoller Bäume. Zwar war ihr Laub zum Teil gefallen oder hing dürr oder schlaff an den Zweigen, aber der kühne Bau ihrer Äste strebte noch in den Himmel, und die mächtigen Wurzeln griffen noch weit über die Erde hinaus. Eine Fülle von Blumen, wie die beiden sie nie zuvor gesehen, bedeckte hier und da den Boden; aber alle diese Blumen waren welk und düftelos und schienen mitten in der höchsten Blüte von der tödlichen Glut getroffen zu sein.

»Wir sind am rechten Orte, denk ich!« sagte Andrees.

Maren nickte. »Du mußt nun hier zurückbleiben, bis ich wiederkomme.«

»Freilich«, erwiderte er, indem er sich in dem Schatten einer großen Eiche ausstreckte. »Das übrige ist nun deine Sach'! Halt nur das Sprüchlein fest und verred dich nicht dabei!«

So ging sie denn allein über den weiten Rasen und unter den himmelhohen Bäumen dahin, und bald sah der Zurückbleibende nichts mehr von ihr. Sie aber schritt weiter und weiter durch die Einsamkeit. Bald hörten die Baumgruppen auf, und der Boden senkte sich. Sie erkannte wohl, daß sie in dem ausgetrockneten Bette eines Gewässers ging; weißer Sand und Kiesel bedeckten den Boden; dazwischen lagen tote Fische und blinkten mit ihren Silberschuppen in der Sonne. In der Mitte des Beckens sah sie einen grauen, fremdartigen Vogel stehen; er schien ihr einem Reiher ähnlich zu sein, doch war er von solcher Größe, daß sein Kopf, wenn er ihn aufrichtete, über den eines Menschen hinwegragen mußte; jetzt hatte er den langen Hals zwischen den Flügeln zurückgelegt und schien zu schlafen. Maren fürchtete sich. Außer dem regungslosen, unheimlichen Vogel war kein lebendes Wesen sichtbar, nicht einmal das Schwirren einer Fliege unterbrach hier die Stille; wie ein Entsetzen lag das Schweigen über diesem Orte. Einen Augenblick trieb sie die Angst, nach ihrem Geliebten zu rufen, aber sie wagte es wiederum nicht; denn den Laut ihrer eigenen Stimme in dieser Öde zu hören, dünkte sie noch schauerlicher als alles andere.

So richtete sie denn ihre Augen fest in die Ferne, wo sich wieder dichte Baumgruppen über den Boden zu erheben schienen, und schritt weiter, ohne rechts oder links zu sehen. Der große Vogel rührte sich nicht, als sie mit leisem Tritt an ihm vorüberging; nur für einen Augenblick blitzte es schwarz unter der weißen Augenhaut hervor. – Sie atmete auf. – Nachdem sie noch eine weite Strecke hingeschritten, verengte sich das Seebette zu der Rinne eines mäßigen Baches, der unter einer breiten Lindengruppe durchführte. Das Geäste dieser mächtigen Bäume war so dicht, daß ungeachtet des mangelhaften Laubes kein Sonnenstrahl hindurchdrang. Maren ging in dieser Rinne weiter; die plötzliche Kühle um sie her, das hohe dunkle Gewölbe der Wipfel über ihr; es schien ihr fast, als gehe sie durch eine Kirche. Plötzlich aber wurden ihre Augen von einem blendenden Licht getroffen; die Bäume hörten auf, und vor ihr erhob sich ein graues Gestein, auf das die grellste Sonne niederbrannte.

Maren selbst stand in einem leeren sandigen Becken, in welches sonst ein Wasserfall über die Felsen hinabgestürzt sein mochte, der dann unterhalb durch die Rinne seinen Abfluß in den jetzt verdunsteten See gehabt hatte. Sie suchte mit den Augen, wo wohl der Weg zwischen den Klippen hinaufführe. Plötzlich aber schrak sie zusammen. Denn das dort auf der halben Höhe des Absturzes konnte nicht zum Gestein gehören; wenn es auch ebenso grau war und starr wie dieses in der regungslosen Luft lag, so erkannte sie doch bald, daß es ein Gewand sei, welches in Falten eine ruhende Gestalt bedeckte. – Mit verhaltenem Atem stieg sie näher. Da sah sie es deutlich; es war eine schöne mächtige Frauengestalt. Der Kopf lag tief aufs Gestein zurückgesunken; die blonden Haare, die bis zur Hüfte hinabflossen, waren voll Staub und dürren Laubes. Maren betrachtete sie aufmerksam. »Sie muß sehr schön gewesen sein«, dachte sie, »ehe diese Wangen so schlaff und diese Augen so eingesunken waren. Ach, und wie bleich ihre Lippen sind! Ob es denn wohl die Regentrude sein mag? – Aber die da schläft nicht; das ist eine Tote! Oh, es ist entsetzlich einsam hier!«

Das kräftige Mädchen hatte sich indessen bald gefaßt. Sie trat ganz dicht herzu, und niederkniend und zu ihr hingebeugt, legte sie ihre frischen Lippen an das marmorblasse Ohr der Ruhenden. Dann, all ihren Mut zusammennehmend, sprach sie laut und deutlich:

»Dunst ist die Welle,
Staub ist die Quelle!
Stumm sind die Wälder,
Feuermann tanzet über die Felder!«

Da rang sich ein tiefer klagender Laut aus dem bleichen Munde hervor; doch das Mädchen sprach immer stärker und eindringlicher:

»Nimm dich in acht!
Eh' du erwacht,
Holt dich die Mutter
Heim in die Nacht!«

Da rauschte es sanft durch die Wipfel der Bäume, und in der Ferne donnerte es leise wie von einem Gewitter. Zugleich aber und, wie es schien, von jenseits des Gesteins kommend, durchschnitt ein greller Ton die Luft, wie der Wutschrei eines bösen Tieres. Als Maren emporsah, stand die Gestalt der Trude hoch aufgerichtet vor ihr. »Was willst du?« fragte sie.

»Ach, Frau Trude«, antwortete das Mädchen noch immer kniend. »Ihr habt so grausam lang geschlafen, daß alles Laub und alle Kreatur verschmachten will!«

Die Trude sah sie mit weit aufgerissenen Augen an, als mühe sie sich, aus schweren Träumen zu kommen.

Endlich fragte sie mit tonloser Stimme: »Stürzt denn der Quell nicht mehr?«

»Nein, Frau Trude«, erwiderte Maren.

»Kreist denn mein Vogel nicht mehr über dem See?«

»Er steht in der heißen Sonne und schläft.«

»Weh!« wimmerte die Regenfrau. »So ist es hohe Zeit. Steh auf und folge mir, aber vergiß nicht den Krug, der dort zu deinen Füßen liegt!«

Maren tat, wie ihr geheißen, und beide stiegen nun an der Seite des Gesteins hinauf. – Noch mächtigere Baumgruppen, noch wunderbarere Blumen waren hier der Erde entsprossen, aber auch hier war alles welk und düftelos. – Sie gingen an der Rinne des Baches entlang, der hinter ihnen seinen Abfall vom Gestein gehabt hatte. Langsam und schwankend schritt die Trude dem Mädchen voran, nur dann und wann die Augen traurig umherwendend. Dennoch meinte Maren, es bleibe ein grüner Schimmer auf dem Rasen, den ihr Fuß betreten, und wenn die grauen Gewänder über das dürre Gras schleppten, da rauschte es so eigen, daß sie immer darauf hinhören mußte. »Regnet es denn schon, Frau Trude?« fragte sie.

»Ach nein, Kind, erst mußt du den Brunnen aufschließen!«

»Den Brunnen? Wo ist denn der?«

Sie waren eben aus einer Gruppe von Bäumen herausgetreten. »Dort!« sagte die Trude, und einige tausend Schritte vor ihnen sah Maren einen ungeheuren Bau emporsteigen. Er schien von grauem Gestein zackig und unregelmäßig aufgetürmt; bis in den Himmel, meinte Maren, denn nach oben hinauf war alles wie in Duft und Sonnenglanz zerflossen.

Am Boden aber wurde die in riesenhaften Erkern vorspringende Fronte überall von hohen, spitzbogigen Tor- und Fensterhöhlen durchbrochen, ohne daß jedoch von Fenstern oder Torflügeln selbst etwas zu sehen gewesen wäre.

Eine Weile schritten sie gerade darauf zu, bis sie durch den Uferabsturz eines Stromes aufgehalten wurden, der den Bau rings zu umgeben schien. Auch hier war jedoch das Wasser bis auf einen schmalen Faden, der noch in der Mitte floß, verdunstet; ein Nachen lag zerborsten auf der trockenen Schlammdecke des Strombettes.

»Schreite hindurch!« sagte die Trude. »Über dich hat er keine Gewalt. Aber vergiß nicht, von dem Wasser zu schöpfen; du wirst es bald gebrauchen!«

Als Maren, dem Befehl gehorchend, von dem Ufer herabtrat, hätte sie fast den Fuß zurückgezogen, denn der Boden war hier so heiß, daß sie die Glut durch ihre Schuhe fühlte. »Ei was, mögen die Schuhe verbrennen!« dachte sie und schritt rüstig mit ihrem Kruge weiter. Plötzlich aber blieb sie stehen; der Ausdruck des tiefsten Entsetzens trat in ihre Augen. Denn neben ihr zerriß die trockene Schlammdecke, und eine große braunrote Faust mit krummen Fingern fuhr daraus hervor und griff nach ihr.

»Mut!« hörte sie die Stimme der Trude hinter sich vom Ufer her.

Da erst stieß sie einen lauten Schrei aus, und der Spuk verschwand.

»Schließe die Augen!« hörte sie wiederum die Trude rufen. – Da ging sie mit geschlossenen Augen weiter; als sie aber das Wasser ihren Fuß berühren fühlte, bückte sie sich und füllte ihren Krug. Dann stieg sie leicht und ungefährdet am andern Ufer wieder hinauf.

Bald hatte sie das Schloß erreicht und trat mit klopfendem Herzen durch eines der großen, offenen Tore. Drinnen aber blieb sie staunend an dem Eingang stehen. Das ganze Innere schien nur ein einziger unermeßlicher Raum zu sein. Mächtige Säulen von Tropfstein trugen in beinahe unabsehbarer Höhe eine seltsame Decke; fast meinte Maren, es seien nichts als graue, riesenhafte Spinngewebe, die überall in Bauschen und Spitzen zwischen den Knäufen der Säulen herabhingen. Noch immer stand sie wie verloren an derselben Stelle und blickte bald vor sich hin, bald nach einer und der andern Seite, aber diese ungeheuren Räume schienen außer nach der Fronte zu, durch welche Maren eingetreten war, ganz ohne Grenzen zu sein; Säule hinter Säule erhob sich, und wie sehr sie sich auch anstrengte, sie konnte nirgends ein Ende absehen. Da blieb ihr Auge an einer Vertiefung des Bodens haften. Und siehe! Dort, unweit von ihr, war der Brunnen; auch den goldenen Schlüssel sah sie auf der Falltür liegen.

Während sie darauf zuging, bemerkte sie, daß der Fußboden nicht etwa, wie sie es in ihrer Dorfkirche gesehen, mit Steinplatten, sondern überall mit vertrockneten Schilf- und Wiesenpflanzen bedeckt war. Aber es nahm sie jetzt schon nichts mehr wunder.

Nun stand sie am Brunnen und wollte eben den Schlüssel ergreifen; da zog sie rasch die Hand zurück. Denn deutlich hatte sie es erkannt: Der Schlüssel, der ihr in dem grellen Licht eines von außen hereinfallenden Sonnenstrahls entgegenleuchtete, war von Glut und nicht von Golde rot. Ohne Zaudern goß sie ihren Krug darüber aus, daß das Zischen des verdampfenden Wassers in den weiten Räumen widerhallte. Dann schloß sie rasch den Brunnen auf. Ein frischer Duft stieg aus der Tiefe, als sie die Falltür zurückgeschlagen hatte, und erfüllte bald alles mit einem feinen, feuchten Staube, der wie ein zartes Gewölk zwischen den Säulen emporstieg.

Sinnend und in der frischen Kühle aufatmend, ging Maren umher. Da begann zu ihren Füßen ein neues Wunder. Wie ein Hauch rieselte ein lichtes Grün über die verdorrte Pflanzendecke, die Halme richteten sich auf, und bald wandelte das Mädchen durch eine Fülle sprießender Blätter und Blumen. Am Fuße der Säulen wurde es blau von Vergißmeinnicht; dazwischen blühten gelbe und braunviolette Iris auf und verhauchten ihren zarten Duft. An den Spitzen der Blätter klommen Libellen empor, prüften ihre Flügel und schwebten dann schillernd und gaukelnd über den Blumenkelchen, während der frische Duft, der fortwährend aus dem Brunnen stieg, immer mehr die Luft erfüllte und wie Silberfunken in den hereinfallenden Sonnenstrahlen tanzte.

Indessen Maren noch des Entzückens und Bestaunens kein Ende finden konnte, hörte sie hinter sich ein behagliches Stöhnen wie von einer süßen Frauenstimme. Und wirklich, als sie ihre Augen nach der Vertiefung des Brunnens wandte, sah sie auf dem grünen Moosrande, der dort emporgekeimt war, die ruhende Gestalt einer wunderbar schönen, blühenden Frau. Sie hatte ihren Kopf auf den nackten, glänzenden Arm gestützt, über den das blonde Haar wie in seidenen Wellen herabfiel, und ließ ihre Augen oben zwischen den Säulen an der Decke wandern.

Auch Maren blickte unwillkürlich hinauf. Da sah sie nun wohl, daß das, was sie für große Spinngewebe gehalten, nichts anderes sei als die zarten Florgewebe der Regenwolken, die durch den aus dem Brunnen aufsteigenden Duft gefüllt und schwer und schwerer wurden. Eben hatte sich ein solches Gewölk in der Mitte der Decke abgelöst und sank leise schwebend herab, so daß Maren das Gesicht der schönen Frau am Brunnen nur noch wie durch einen grauen Schleier leuchten sah. Da klatschte diese in die Hände, und sogleich schwamm die Wolke der nächsten Fensteröffnung zu und floß durch dieselbe ins Freie hinaus.

»Nun!« rief die schöne Frau. »Wie gefällt dir das?« Und dabei lächelte ihr roter Mund, und ihre weißen Zähne blitzten.

Dann winkte sie Maren zu sich, und diese mußte sich neben ihr ins Moos setzen; und als eben wieder ein Duftgewebe von der Decke niedersank, sagte sie: »Nun klatsch in deine Hände!« Und als Maren das getan und auch diese Wolke, wie die erste, ins

Freie hinausgezogen war, rief sie: »Siehst du wohl, wie leicht das ist! Du kannst es besser noch als ich!«

Maren betrachtete verwundert die schöne, übermütige Frau. »Aber«, fragte sie, »wer seid Ihr denn so eigentlich?«

»Wer ich bin? Nun, Kind, bist du aber einfältig!«

Das Mädchen sah sie noch einmal mit ungewissen Augen an; endlich sagte sie zögernd: »Ihr seid doch nicht gar die Regentrude?«

»Und wer sollte ich denn anders sein?«

»Aber verzeiht! Ihr seid ja so schön und lustig jetzt!«

Da wurde die Trude plötzlich ganz still. »Ja«, rief sie, »ich muß dir dankbar sein. Wenn du mich nicht geweckt hättest, wäre der Feuermann Meister geworden, und ich hätte wieder hinab müssen zu der Mutter unter die Erde.« Und indem sie ein wenig wie vor innerem Grauen die weißen Schultern zusammenzog, setzte sie hinzu: »Und es ist ja doch so schön und grün hier oben!«

Dann mußte Maren erzählen, wie sie hiehergekommen, und die Trude legte sich ins Moos zurück und hörte zu. Mitunter pflückte sie eine der Blumen, die neben ihr emporsprossten, und steckte sie sich oder dem Mädchen ins Haar. Als Maren von dem mühseligen Gange auf dem Weidendamme berichtete, seufzte die Trude und sagte: »Der Damm ist einst von euch Menschen selbst gebaut worden; aber es ist schon lange, lange her! Solche Gewänder, wie du sie trägst, sah ich nie bei ihren Frauen. Sie kamen damals öfters zu mir; ich gab ihnen Keime und Körner zu neuen Pflanzen und Getreiden, und sie brachten mir zum Dank von ihren Früchten. Wie sie meiner nicht vergaßen, so vergaß ich ihrer nicht, und ihre Felder waren niemals ohne Regen. Seit lange aber sind die Menschen mir entfremdet, es kommt niemand mehr zu mir. Da bin ich denn vor Hitze und lauter Langeweile eingeschlafen, und der tückische Feuermann hätte fast den Sieg erhalten.«

Maren hatte sich währenddessen ebenfalls mit geschlossenen Augen auf das Moos zurückgelegt, es taute so sanft um sie her, und die Stimme der schönen Trude klang so süß und traulich.

»Nur einmal«, fuhr diese fort, »aber das ist auch schon lange her, ist noch ein Mädchen gekommen; sie sah fast aus wie du und trug fast ebensolche Gewänder. Ich schenkte ihr von meinem Wiesenhonig, und das war die letzte Gabe, die ein Mensch aus meiner Hand empfangen hat.«

»Seht nur«, sagte Maren, »das hat sich gut getroffen! Jenes Mädchen muß die Urahne von meinem Schatz gewesen sein, und der Trank, der mich heute so gestärkt hat, war gewiß von Eurem Wiesenhonig!«

Die Regenfrau dachte wohl noch an ihre junge Freundin von damals, denn sie fragte: »Hat sie denn noch so schöne braune Löckchen an der Stirn?«

»Wer denn, Frau Trude?«

»Nun, die Urahne, wie du sie nennst!«

»O nein, Frau Trude«, erwiderte Maren, und sie fühlte sich in diesem Augenblick ihrer mächtigen

Freundin fast ein wenig überlegen – »die Urahne ist ja ganz steinalt geworden!«

»Alt?« fragte die schöne Frau. Sie verstand das nicht, denn sie kannte nicht das Alter.

Maren hatte große Mühe, ihr es zu erklären. »Merket nur«, sagte sie endlich, »graues Haar und rote Augen und häßlich und verdrießlich sein! Seht, Frau Trude, das nennen wir alt!«

»Freilich«, erwiderte diese, »ich entsinne mich nun; es waren auch solche unter den Frauen der Menschen; aber die Urahne soll zu mir kommen, ich mache sie wieder froh und schön.«

Maren schüttelte den Kopf. »Das geht ja nicht, Frau Trude«, sagte sie, »die Urahne ist ja längst unter der Erde.«

Die Trude seufzte: »Arme Urahne.«

Hierauf schwiegen beide, während sie noch immer behaglich ausgestreckt im weichen Moose lagen. »Aber Kind!« rief plötzlich die Trude; »da haben wir über all dem Geplauder ja ganz das Regenmachen vergessen. Schlag doch nur die Augen auf! Wir sind ja unter lauter Wolken ganz begraben; ich sehe dich schon gar nicht mehr!«

»Ei, da wird man ja naß wie eine Katze!« rief Maren, als sie die Augen aufgeschlagen hatte.

Die Trude lachte. »Klatsch nur ein wenig in die Hände, aber nimm dich in acht, daß du die Wolken nicht zerreißt!«

So begannen beide leise in die Hände zu klopfen; und alsbald entstand ein Gewoge und Geschiebe, die Nebelgebilde drängten sich nach den Öffnungen und schwammen, eins nach dem andern, ins Freie hinaus. Nach kurzer Zeit sah Maren schon wieder den Brunnen vor sich und den grünen Boden mit den gelben und violetten Irisblüten. Dann wurden auch die Fensterhöhlen frei, und sie sah weithin über den Bäumen des Gartens die Wolken den ganzen Himmel überziehen. Allmählich verschwand die Sonne. Noch ein paar Augenblicke, und sie hörte es draußen wie einen Schauer durch die Blätter der Bäume und Gebüsche wehen, und dann rauschte es hernieder, mächtig und unablässig.

Maren saß aufgerichtet mit gefalteten Händen. »Frau Trude, es regnet«, sagte sie leise.

Diese nickte kaum merklich mit ihrem schönen, blonden Kopfe; sie saß wie träumend.

Plötzlich aber entstand draußen ein lautes Prasseln und Heulen, und als Maren erschrocken hinausblickte, sah sie aus dem Bette des Umgebungsstromes, den sie kurz vorher überschritten hatte, sich ungeheure weiße Dampfwolken stoßweise in die Luft erheben. In demselben Augenblick fühlte sie sich auch von den Armen der schönen Regenfrau umfangen, die sich zitternd an das neben ihr ruhende junge Menschenkind schmiegte. »Nun gießen sie den Feuermann aus«, flüsterte sie, »horch nur, wie er sich wehrt! Aber es hilft ihm doch nichts mehr.«

Eine Weile hielten sie sich so umschlossen; da wurde es still draußen, und es war nun nichts zu hören als das sanfte Rauschen des Regens. – Da standen sie auf, und die Trude ließ die Falltür des Brunnens herab und verschloß sie.

Maren küßte ihre weiße Hand und sagte: »Ich danke Euch, liebe Frau Trude, für mich und alle Leute in unserm Dorfe! Und« – setzte sie ein wenig zögernd hinzu – »nun möchte ich wieder heimgehen!«

»Schon gehen?« fragte die Trude.

»Ihr wißt es ja, mein Schatz wartet auf mich; er mag schon wacker naß geworden sein.«

Die Trude erhob den Finger. »Wirst du ihn auch später niemals warten lassen?«

»Gewiß nicht, Frau Trude!«

»So geh, mein Kind; und wenn du heimkommst, so erzähle den andern Menschen von mir, daß sie meiner fürder nicht vergessen. – Und nun komm! Ich werde dich geleiten.«

Draußen unter dem frischen Himmelstau war schon überall das Grün des Rasens und an Baum und Büschen das Laub hervorgesprossen. – Als sie an den Strom kamen, hatte das Wasser sein ganzes Bette wieder ausgefüllt, und als erwarte er sie, ruhte der Kahn, wie von unsichtbarer Hand wiederhergestellt, schaukelnd an dem üppigen Grade des Uferrandes. Sie stiegen ein, und leise glitten sie hinüber, während die Tropfen spielend und klingend in die Flut fielen. Da, als sie eben an das andere Ufer traten, schlugen neben ihnen die Nachtigallen ganz laut aus dem Dunkel des Gebüsches. »Oh«, sagte die Trude und atmete so recht aus Herzensgrunde, »es ist noch Nachtigallenzeit, es ist noch nicht zu spät!«

Da gingen sie an dem Bach entlang, der zu dem Wasserfalle führte. Der stürzte sich schon wieder tosend über die Felsen und floß dann strömend in der breiten Rinne unter den dunklen Linden fort. Sie mußten, als sie hinabgestiegen waren, an der Seite unter den Bäumen hingehen. Als sie wieder ins Freie traten, sah Maren den fremden Vogel in großen Kreisen über einem See schweben, dessen weites Becken sich zu ihren Füßen dehnte. Bald gingen sie unten längs dem Ufer hin, fortwährend die süßesten Düfte atmend und auf das Anrauschen der Wellen horchend, die über glänzende Kiesel an dem Strande hinaufströmten. Tausende von Blumen blühten überall, auch Veilchen und Maililien bemerkte Maren und andere Blumen, deren Zeit eigentlich längst vorüber war, die aber wegen der bösen Glut nicht hatten zur Entfaltung kommen können. »Die wollen auch nicht zurückbleiben«, sagte die Trude, »das blüht nun alles durcheinander hin.«

Mitunter schüttelte sie ihr blondes Haar, daß die Tropfen wie Funken um sie her sprühten, oder sie schränkte ihre Hände zusammen, daß von ihren vollen weißen Armen das Wasser wie in eine Muschel hinabfloß. Dann wieder riß sie die Hände auseinander, und wo die hingesprühten Tropfen die Erde berührten, da stiegen neue Düfte auf, und ein Farbenspiel von frischen, nie gesehenen Blumen drängte sich leuchtend aus dem Rasen.

Als sie um den See herum waren, blickte Maren noch einmal auf die weite, bei dem niederfallenden Regen kaum übersehbare Wasserfläche zurück; es schauerte sie fast bei dem Gedanken, daß sie am Morgen trockenen Fußes durch die Tiefe gegangen sei. Bald mußten sie dem Platze nahe sein, wo sie ihren Andrees zurückgelassen hatte. Und richtig! Dort unter den hohen Bäumen lag er mit aufgestütztem Arm; er schien zu schlafen. Als aber Maren auf die schöne Trude blickte, wie sie mit dem roten, lächelnden Munde so stolz neben ihr über den Rasen schritt, erschien sie sich plötzlich in ihren bäuerischen Kleidern so plump und häßlich, daß sie dachte: »Ei, das tut nicht gut, die braucht der Andrees nicht zu sehen!« Laut aber sprach sie: »Habt Dank für Euer Geleite, Frau Trude, ich finde mich nun schon selber!«

»Aber ich muß doch deinen Schatz noch sehen!«

»Bemüht Euch nicht, Frau Trude«, erwiderte Maren, »es ist eben ein Bursch wie die andern auch und just gut genug für ein Mädel vom Dorf.«

Die Trude sah sie mit durchdringenden Augen an. »Schön bist du, Närrchen!« sagte sie und erhob drohend ihren Finger: »Bist du denn aber auch in deinem Dorf die Allerschönste?«

Da stieg dem hübschen Mädchen das Blut ins Gesicht, daß ihr die Augen überliefen. Die Trude aber lächelte schon wieder. »So merk denn auf!« sagte sie; »weil nun doch alle Quellen wieder springen, so könnt ihr einen kürzeren Weg haben. Gleich unten links am Weidendamm liegt ein Nachen. Steigt getrost hinein; er wird euch rasch und sicher in eure Heimat bringen! – Und nun leb wohl!« rief sie und legte ihren Arm um den Nacken des Mädchens und küßte sie. »Oh, wie süß frisch schmeckt doch solch ein Menschenmund!«

Dann wandte sie sich und ging unter den fallenden Tropfen über den Rasen dahin. Dabei hub sie an zu singen; das klang süß und eintönig; und als die schöne Gestalt zwischen den Bäumen verschwunden war, da wußte Maren nicht, hörte sie noch immer aus der Ferne den Gesang, oder war es nur das Rauschen des niederfallenden Regens.

Eine Weile noch blieb das Mädchen stehen; dann, wie in plötzlicher Sehnsucht, streckte sie die Arme aus. »Lebt wohl, schöne, liebe Regentrude, lebt wohl!« rief sie. – Aber keine Antwort kam zurück; sie erkannte es nun deutlich, es war nur noch der Regen, der herniederrauschte.

Als sie hierauf langsam dem Eingang des Gartens zuschritt, sah sie den jungen Bauer hoch aufgerichtet unter den Bäumen stehen. »Wonach schaust du denn so?« fragte sie, als sie näher gekommen war.

»Alle Tausend, Maren!« rief Andrees; »was war denn das für ein sauber Weibsbild?«

Das Mädchen aber ergriff den Arm des Burschen und drehte ihn mit einem derben Ruck herum. »Guck dir nur nicht die Augen aus!« sagte sie; »das ist keine für dich; das war die Regentrude!«

Andrees lachte. »Nun, Maren«, erwiderte er, »daß du sie richtig aufgeweckt hattest, das hab ich hier schon merken können; denn so naß, mein ich, ist der Regen noch nimmer gewesen, und so etwas von Grünwerden hab ich auch all mein Lebtag noch nicht gesehen! – Aber nun komm! Wir wollen heim, und dein Vater soll uns sein Wort einlösen.«

Unten am Weidendamm fanden sie den Nachen und stiegen ein. Das ganze weite Tiefland war schon überflutet; auf dem Wasser und in der Luft lebte es von aller Art Gevögel; die schlanken Seeschwalben schossen schreiend über ihnen hin und tauchten die Spitzen ihrer Flügel in die Flut, während die Silbermöwe majestätisch neben ihrem fortschießenden Kahn dahinschwamm; auf den grünen Inselchen, an denen sie hier und dort vorbeikamen, sahen sie die Bruushähne mit den goldenen Kragen ihre Kampfspiele halten.

So glitten sie rasch dahin. Noch immer fiel der Regen, sanft, doch unablässig. Jetzt aber verengte sich das Wasser, und bald war es nur noch ein mäßig breiter Bach.

Andrees hatte schon eine Zeitlang mit der Hand über den Augen in die Ferne geblickt. »Sieh doch, Maren«, rief er, »ist das nicht meine Roggenkoppel?«

»Freilich, Andrees; und prächtig grün ist sie geworden! Aber siehst du denn nicht, daß es unser Dorfbach ist, auf dem wir fahren?«

»Richtig, Maren; aber was ist denn das dort? Da ist ja alles überflutet!«

»Ach, du lieber Gott!« rief Maren; »das sind ja meines Vaters Wiesen! Sieh nur, das schöne Heu, es schwimmt ja alles.«

Andrees drückte dem Mädchen die Hand. »Laß nur, Maren!« sagte er; »der Preis ist, denk ich, nicht zu hoch, und meine Felder tragen ja nun um desto besser.«

Bei der Dorflinde legte der Nachen an. Sie traten ans Ufer, und bald gingen sie Hand in Hand die Straße hinab. Da wurde ihnen von allen Seiten freundlich zugenickt; denn Mutter Stine mochte in ihrer Abwesenheit doch ein wenig geplaudert haben.

»Es regnet!« riefen die Kinder, die unter den Tropfen durch über die Straße liefen. »Es regnet!« sagte der Vetter Schulze, der behaglich aus seinem offenen Fenster schaute und den beiden mit kräftigem Drucke die Hand schüttelte. »Ja, ja, es regnet!« sagte auch der Wiesenbauer, der wieder mit der Meerschaumpfeife in der Torfahrt seines stattlichen Hauses stand. »Und du, Maren, hast mich heute morgen wacker angelogen. Aber kommt nur herein, ihr beiden! Der Andrees, wie der Vetter Schulze sagt, ist allewege ein guter Bursch, seine Ernte wird heuer auch noch gut, und wenn es etwa wieder drei Jahre Regen geben sollte, so ist es am Ende doch so übel nicht, wenn Höhen und Tiefen beieinanderkommen. Drum geht hinüber zu Mutter Stine, da wollen wir die Sache allfort in Richtigkeit bringen!«

Mehrere Wochen waren seitdem vergangen. Der Regen hatte längst wieder aufgehört, und die letzten schweren Erntewagen waren mit Kränzen und flatternden Bändern in die Scheuern eingefahren; da schritt im schönsten Sonnenschein ein großer Hochzeitszug der Kirche zu. Maren und Andrees waren die Brautleute; hinter ihnen gingen Hand in Hand Mutter Stine und der Wiesenbauer. Als sie fast bei der Kirchtür angelangt waren, daß sie schon den Choral vernahmen, den drinnen zu ihrem Empfang der alte Kantor auf der Orgel spielte, zog plötzlich ein weißes Wölkchen über ihnen am blauen Himmel auf, und ein paar leichte Regentropfen fielen der Braut in ihren Kranz. – »Das bedeutet Glück!« riefen die Leute, die auf dem Kirchhof standen. »Das war die Regentrude!« flüsterten Braut und Bräutigam und drückten sich die Hände.

Dann trat der Zug in die Kirche; die Sonne schien wieder, die Orgel aber schwieg, und der Priester verrichtete sein Werk.